Sigride LUCAS

Amalia

Dédicace

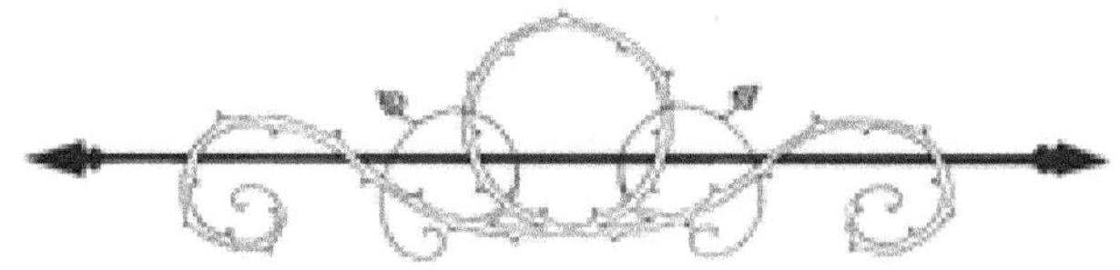

Remerciements

Ce livre a vu le jour grâce à une formidable aventure humaine.

Où amis et famille m'ont soutenue durant toute son écriture.

À mes parents, mes premiers fans.

Un grand merci à Christophe pour ses corrections, ses questions et ses commentaires pertinents.

À Salvatore et Stéphane pour leur soutien sans faille.

Aux bloggeuses et à mes amis Facebook qui m'ont donné l'envie de continuer.

À Christophe de Facebook pour ses connaissances hors normes en monde vampirique.

À mes lecteurs pour leurs messages qui me donnent le courage d'écrire même après une grande journée de travail avec les chiffres. Eh oui ! personne n'est parfait. Je suis comptable et fan de Bit Lit.

Cette écriture me fait voyager dans un monde que j'aime, la fantaisie.

N'oubliez pas que
La seule limite que l'on a dans la vie est celle que l'on s'impose.
Alors **NO LIMIT**

Il ne faut avoir aucun regret pour le passé
Aucun remords pour le présent
Et une confiance inébranlable pour l'avenir
                        Jean Jaurès

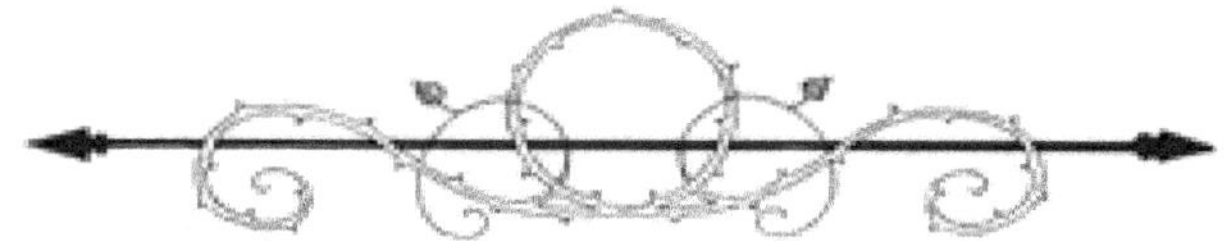

Dans la vengeance et en amour
La femme est plus barbare que l'homme
                        Friedrich Nietzsche

EUROPE
TERRITOIRES DES VAMPIRES
DOMAINE DE MARCUS
DOMAINE DE PHILIPPE
DOMAINE
DE ADELA
MER BALTIQUE
DOMAINE
DOMAINE DE
DOMAINE DE ALEXEI
DOMAINE
DE
DOMAINE DE RICHARD
SEIGFREID
DOMAINE DE
DOMAINE DE PABLO
DOMAINE DE YVAN
DE
DOMAINE
DE
SVERG
MER DU NORD
MER NOIRE
MER ADRIATIQUE
GIOVANI
MER MEDITERRANEE
OCEAN ATLANTIQUE

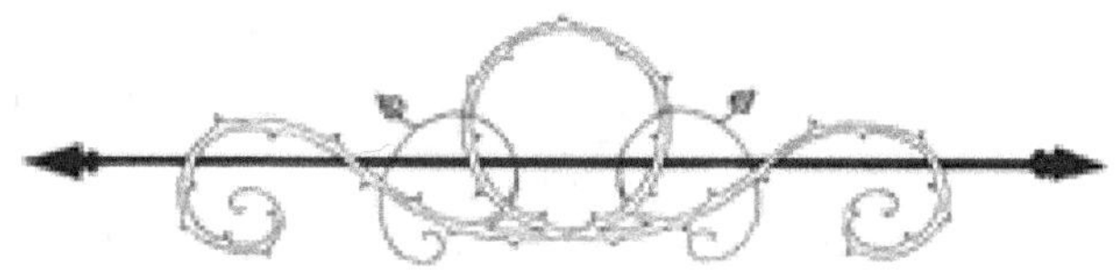

Prologue

Je suis née le 14 août 1920. Pourtant, 96 ans après ma naissance, je parais toujours avoir 30 ans.

Dès lors que je suis née, mes parents Daniel et Élise Dubois m'ont élevée afin que je puisse affronter le monde et faire ma place dans la société.

Assez avant-gardistes pour l'époque, ils m'ont laissé choisir la voie que je voulais emprunter. Pour eux, l'éducation d'une femme était importante. Plus les années passaient et plus mes amies d'enfance arrêtaient l'école, se mariaient et avaient des enfants.

Beaucoup d'entre elles se sont arrêtées au certificat d'études ou plus précisément au certificat d'études primaires (CEP), qui était un diplôme sanctionnant la fin de l'enseignement primaire élémentaire en France et attestant ainsi de l'acquisition des connaissances de base (écriture, lecture, calcul mathématique, histoire-géographie, sciences appliquées).

A l'époque, les jeunes filles poursuivaient rarement leurs études après 14 ans, âge au-delà duquel l'école n'était plus obligatoire, seuls ceux et celles qui avaient des parents aisés comme les miens pouvaient aller jusqu'au baccalauréat, voire jusqu'à des études supérieures.

Pour ma part, je suis allée jusqu'au lycée où j'ai passé mon baccalauréat afin de devenir secrétaire.

Lorsque j'ai commencé à travailler en septembre 1939, j'avais 19 ans. La guerre venait de commencer. L'allégresse des premiers mois a vite laissé la place aux pleurs et à la peur. Habitant le nord de la France, nous avons été sévèrement touchés pendant la Seconde Guerre mondiale.

Cette période fut la plus éprouvante pour le nord de la France. Nous étions tous effrayés d'avoir la guerre à notre porte. Entendre le 2O mai 1940 les balles fuser, la violence des combats qui se déroulaient non loin de nous à Neuville-Vitasse, Mercatel et Ficheux. Mais les chars allemands furent plus forts, ils firent vibrer l'est d'Arras lorsqu'ils passèrent.

La bataille d'Arras, la ville où j'habitais, s'est déroulée le 21 mai 1940. Une bataille entre les armées franco-britanniques et la Wehrmacht.
Une tentative de contrecarrer l'avancée allemande qui se dirigeait vers le nord de la France.

Mais cela ne les arrêta pas et les Allemands avancèrent jusqu'à Dunkerque.

J'ai eu la chance de travailler comme secrétaire, car peu nombreuses étaient les femmes qui travaillaient. En 1941, beaucoup de Français ont été réquisitionnés et envoyés en Allemagne pour le service du travail obligatoire afin de remplacer les soldats allemands partis combattre ailleurs.

De nombreuses femmes durent donc trouver un emploi ou accomplir les travaux de la ferme à la place du mari absent.

Ces six années ont été dures pour tout le monde. Les privations et la présence des Allemands nous ont tous affectés.

Seulement, malgré tout cela, rien ne m'avait préparée au choc qu'a subi ma vie le jour de mes 30 ans.

Les apparences sont parfois trompeuses. Je pensais vivre dans un monde qui n'était certes pas parfait, et je ne faisais pas partie des êtres les plus forts, mais je vivais une existence sereine au milieu des miens et auprès de l'homme que j'aimais depuis cinq ans, Marc.

Marc Delcamp. Certaines personnes me diraient que c'est un homme plutôt commun. Mais c'était mon homme et beaucoup de femmes me l'enviaient.. Il avait un travail qui pour les années cinquante était plus qu'honorable. Assistant dans une banque. Son petit mètre soixante-dix, ses cheveux blonds et ses yeux bleus associés à une taille mince faisaient de lui un homme plutôt banal au premier coup d'œil, mais tout de même plaisant à regarder. Il était courtois et calme, toujours habillé en costume du fait de son travail.

Lorsque je suis partie en voyage de noces en Roumanie avec mon amoureux en août 1950, ma vie était tout ce qu'il y avait de simple. Un boulot de secrétaire, un homme que j'aimais, une petite maison à Arras.

Mon nom est Amalia et c'est le jour de mon anniversaire que tout a basculé. Le 14 août 1950.

Voici mon histoire.

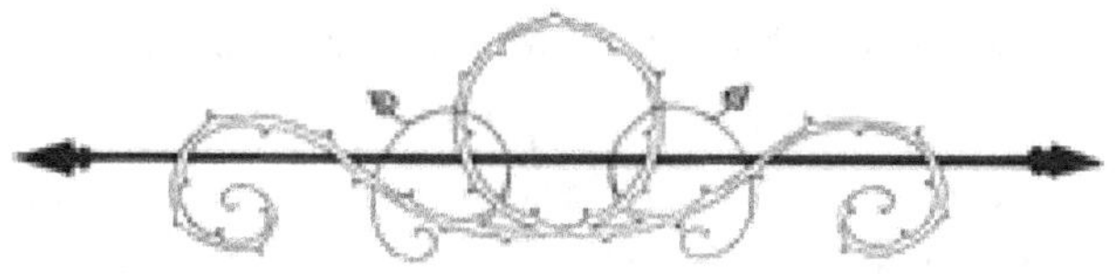

Chapitre 1 Arras
– Brasov
Voyage au bout de la nuit

– Le Arlberg-Orient-Express arrivera en gare à 15h00 voie 5. Il desservira les villes de Zurich, Innsbruck, Vienne, Budapest et Bucarest.

Amalia et Marc attendaient patiemment sur la voie 5. Ils étaient arrivés la veille au soir à Paris et avaient dormi dans un petit hôtel près de la gare.

C'était la première fois qu'ils partaient aussi loin d'Arras qui est réputée pour ses deux magnifiques places baroques qui forment un ensemble architectural unique au monde. Son beffroi, une tour de style gothique de 75 m de haut, date de 1554. Il fut touché le 21 octobre 1940 puis reconstruit à l'identique. La citadelle construite grâce au plan de Vauban en 1672 est un émerveillement pour les yeux.

Amalia adorait cette ville, sa ville. Elle aimait se promener lors des belles soirées d'été sur les places, prendre un verre sur une terrasse. S'imprégner de l'atmosphère spéciale qui se dégage lors de ces moment-là.

Les places et les terrasses étaient emplies de monde, de rire et de musique. Quel plaisir de discuter avec des amis dans un cadre aussi incroyable face à un magnifique beffroi !

Amalia habitait Arras depuis toujours, elle y était même née tout comme Marc. Cette ville, elle l'adorait et aimait beaucoup arpenter ses rues et ses bibliothèques afin d'en connaître l'histoire.

Elle aimait se promener dans les Boves qui se trouvent à quelques mètres sous les pavés d'Arras et du beffroi. Elles ont été creusées à partir du Xe siècle. Ces anciennes carrières souterraines de pierre calcaire sont une découverte d'un univers surprenant, un voyage extraordinaire au centre de la Terre.

Elle la connaissait par cœur et aimait raconter son histoire à qui voulait l'entendre. Elle y vivait, mais y travaillait aussi.

Arras fut initialement la capitale des Atrébates, peuple gaulois. Leur nom vient probablement du celtique *Adtrebates – ceux qui habitent – ou – ceux qui possèdent des villages –.

Ils vivaient en Atrébatie correspondant approximativement à l'époque, l'Artois est devenue Arras. Un nom toujours en vigueur de nos jours. La ville fut détruite par deux fois, en 407 puis en 880, avant de devenir la résidence privilégiée des comtes de Flandre, qui y établirent leur résidence privilégiée.
En 1105, une épidémie provoquée par un champignon sur le blé toucha la ville d'Arras, puis cessa. Certains parlent du

« Miracle de la Sainte Chandelle ».

Il est dit que, dans la nuit du 24 au 25 mai 1105, une femme vêtue de blanc apparut à Itier et Norman, deux musiciens. Ces deux hommes entretenaient une haine profonde l'un envers l'autre depuis que Norman avait tué le frère d'Itier. Mais cette nuit-là, la mystérieuse créature féminine leur intima de se rendre à la cathédrale d'Arras où 144 personnes agonisaient du mal des ardents (intoxication à l'ergot de seigle), une maladie mortelle qui frappait l'Europe du Nord.

Quelques heures plus tard, une nouvelle apparition. La femme, cette fois, tenait un cierge qu'elle voulait leur remettre. Elle prétendit que mélangée à de l'eau sa cire guérirait les malades qui boiraient ce breuvage avec foi. Elle ordonna aux deux musiciens de s'associer pour accomplir la mission. Les deux hommes devaient se réconcilier.
Afin de sauver des centaines de vies, les deux ménestrels acceptèrent de prier ensemble dans la cathédrale d'Arras. La Vierge leur remit alors le cierge miraculeux et les malades furent sauvés.

Arras fut intégrée à la France après le mariage de Philippe Auguste et Isabelle de Hainaut en 1180.

Elle passa ensuite dans le domaine du comte de Bourgogne en 1384, puis à la France en 1477, à l'Autriche en 1493 et de nouveau à la France en 1640, la cession devenant définitive en 1659 après le traité des Pyrénées. Ce traité des Pyrénées est l'œuvre du cardinal Jules Mazarin, Premier ministre du jeune Louis XIV (21 ans). Il œuvra afin de conclure une paix entre la couronne d'Espagne et la France à l'issue de la guerre franco-espagnole dite « guerre des trente ans ». Ce traité fut signé sur l'île des Faisans, au milieu de la rivière Bidassoa qui sépare les deux pays.

En raison de sa situation géographique, Arras a toujours été très convoitée. Cela confère à cette ville ancestrale une atmosphère particulière.

C'est à contrecœur qu'Amalia avait quitté sa ville.

Mais Marc avait insisté pour lui offrir ce fabuleux voyage de noces et il voulait le faire afin qu'il tombe au moment de l'anniversaire d'Amalia. Ces parents avaient effectué ce même voyage vingt ans plus tôt et en parlaient comme d'une féerie, d'un voyage extraordinaire.

Amalia avait désespérément essayé de le raisonner. Car cela coûtait une fortune.

Mais, elle avait fini par céder aux demandes acharnées de Marc qui voulait absolument faire cette expédition.

Le mariage avait déjà été onéreux et cette escapade amoureuse allait entamer sérieusement leurs économies.

Un mariage comme dans les contes de fées. C'était une magnifique cérémonie bénite par le curé d'Arras au cours d'une belle journée de juin 1949 ensoleillée.

Amalia arriva au bras de son père telle une apparition lorsqu'elle remonta l'allée centrale afin de se positionner à côté de Marc. Elle était grande, dotée de longs cheveux châtains avec des yeux verts. Elle s'avança dans une somptueuse robe blanche de princesse.

De magnifiques fleurs fraîches ornaient sa chevelure. L'échange des consentements fut émouvant, l'amour pouvait se voir dans leurs yeux.

La cérémonie fut magnifique avec une cantatrice qui chantait un *Ave Maria* de toute beauté.

Les festivités durèrent jusqu'au petit matin. Le père d'Amalia étant docteur et fort apprécié par la communauté arrageoise, tous les notables de la ville étaient présents.

Un mariage inoubliable, avec un buffet exquis.

Lorsque l'Orient-Express apparut, il était aussi majestueux qu'elle se l'était imaginé. Ces wagons d'un bleu roi et ornés d'or étaient magnifiques.

Des hommes en livrée bleue et or avec un képi bleu, gantés de blanc, descendirent du train. Un de ces hommes vint vers eux afin de prendre leurs bagages et de les mener jusqu'à leur cabine.

Une magnifique cabine ou plutôt une très belle suite. En entrant, Amalia fut immédiatement éblouie par tout ce luxe, un lit deux personnes occupait le fond de la cabine, des tentures réchauffaient l'atmosphère. Devant le lit et acculé contre le mur de gauche, se trouvait un petit bureau sur lequel étaient disposés du papier et un crayon aux emblèmes de l'Orient-Express.

Un plateau avec un seau et du champagne, deux coupes en cristal et des petites mignardises étaient posés sur ce même bureau. Une petite salle d'eau avec des toilettes était disposée à l'autre bout de la cabine.
Le chasseur déposa les bagages au pied du lit. Il leur donna une feuille avec la disposition des compartiments contenant le restaurant, les bars et les différents endroits où ils pourraient se détendre, ainsi que les horaires d'ouverture de tous ces lieux.

Ils suspendirent rapidement quelques tenues pour les quatre jours que durait leur voyage.
Ils sortirent se balader dans le train. Arrivés à la voiture-salon, ils admirèrent le paysage, confortablement installés dans des fauteuils dignes des plus beaux palaces. Ils prirent un thé et se laissèrent aller l'un contre l'autre.

Ils discutèrent longuement de leur voyage, de ce qu'ils visiteraient en Roumanie. D'abord Bucarest puis ils prendraient un bus qui les amènerait à leur destination, Brasov.

Le train avait mis le cap vers l'est et se dirigeait vers l'Autriche. Les panoramas étaient sublimes. Plus le train avançait et plus les paysages plats devenaient vallonneux.

L'après-midi passa très vite.
La découverte de ce magnifique et gigantesque train leur prit beaucoup de temps. Tout était une invitation à l'admiration. Même les couloirs foisonnaient de détails, de fresques et de dorures.

Ils repartirent dans leur suite assez tardivement afin de se changer et de mettre une tenue de soirée.
Marc s'était vêtu d'un costume et Amalia avait mis une longue robe de soirée noire. Un magnifique bustier sculptait sa poitrine, le bas était ample et fluide.

À chacun de ses pas, la robe virevoltait. Idéal pour la danse. Elle avait agrémenté sa tenue d'une belle paire d'escarpins noirs.
Amalia avait remonté ses cheveux en un magnifique chignon. Son léger maquillage mettait en valeur ses yeux.

Lorsqu'elle se regarda dans la glace, ses yeux paraissaient plus verts, son visage laiteux. Ses cheveux châtains étaient parfaitement coiffés. Elle fut satisfaite de ce qu'elle voyait dans la glace. Le regard de Marc lui confirma qu'elle était belle.

Ils sortirent main dans la main et se dirigèrent vers le wagon-restaurant.

Un steward les accueillit et les mena à leur table. Tout dans le restaurant n'était qu'élégance et raffinement. Ils prirent pour commencer une coupe de champagne accompagnée de petits toasts de foie gras.

Les chefs qui travaillaient dans ce genre de train étaient tous français. À chaque étape, les cuisines faisaient le plein de produits frais les menus s'adaptaient aux contrées traversées, le dépaysement était total.

S'adaptant au pays qu'ils traversaient afin que le dépaysement soit total.

Ce soir, les plats étaient totalement français, préparés avec des mets raffinés.

Ravioles de foie gras avec une émulsion de truffes en entrée, suivies Par un saumon et des petits légumes croquants.

Le tout était sublimé par des vin raffinés.

Lorsqu'ils retraversèrent la voiture-salon, celle-ci s'était transformée en un espace dansant avec un piano-bar.

Amalia et Marc dansèrent un peu avant de de retourner à leur cabine. Valse et Paso Doble étaient leurs danses préférées.

Marc ouvrit la bouteille de champagne et remplit les deux coupes.

– À ta santé ma chérie et à notre amour.

– À ta santé et à notre amour, qu'il dure toujours.

Ils burent et discutèrent avec entrain du voyage, de leur chance de pouvoir le faire.

Après quelques verres, un peu grisé, Marc commença par embrasser Amalia. La bouche, La bouche, le cou puis il entreprit de la déshabiller. Il descendit doucement la fermeture de sa robe, laissant les seins souples et bien ronds qui pointaient de désir à découvert. Ils étaient une invitation à la délectation. Marc ne résista pas, il les lécha plutôt maladroitement.

Jamais il n'avait fait ce genre de chose. L'alcool l'avait un peu désinhibé.

Il continua à descendre sa robe et la laissa tomber sur le sol. Il la prit dans ses bras puis la déposa délicatement sur le lit où il enleva sa culotte.

Il remonta doucement le long de son corps, la couvrant de baisers. Puis il se déshabilla et s'allongea sur elle. Il finit par la prendre. Jusqu'à la jouissance.

Amalia trouva cela plaisant, car pour une fois, Marc avait fait preuve d'un peu d'audace en caressant ses seins.
En effet, Marc n'était pas ce que l'on appelle un grand amant. Mais Amalia n'avait connu aucun autre homme avant lui.

Aussi trouvait-elle cela mieux que d'habitude et se disait que ce petit voyage leur ferait le plus grand bien. Car si Marc continuait dans ce sens, elle arriverait peut-être à vivre ce qu'elle avait lu dans les romans.

Elle était une grande lectrice de romans à l'eau de rose et rêvait de vivre une nuit de passion comme ses héroïnes.

À l'heure du réveil, ils se sentaient bien et prirent leur douche chacun leur tour comme d'habitude. Amalia aurait aimé qu'ils prennent leur douche ensemble.
Le charme de la veille et le Marc audacieux avaient disparu. Mais c'était son mari et elle l'aimait tel quel et de toute façon, elle n'avait connu que lui et se disait que ce qui était écrit dans ses romans n'était peut-être que de la fiction. Au moment de

prendre leur petit déjeuner, ils virent que les paysages avaient encore changé. Le train se dirigeait vers les collines hongroises avec de jolis paysages parsemés de lacs et de villages médiévaux.

Ils firent leur première escale à Budapest sur les rives du Danube.

Amalia et Marc choisirent de faire un tour en bateau sur le Danube, ce fleuve qui parcourt toute l'Europe depuis l'Allemagne jusqu'à la Russie. Ils mangèrent dans une petite auberge, une goulash. Ce plat à base de bœuf braisé, de pommes de terre, de poivrons et de paprika. Puis ils prirent un roulé au pavot comme dessert.

Ils visitèrent la ville et achetèrent quelques souvenirs : des épices et des boîtes recouvertes de dentelles et joliment décorées, des « secret box ».

Elle avait toujours rêvé de posséder une « secret box », ces boîtes dont le système d'ouverture est complexe, mais qui permet de garder tous ses secrets à l'abri des curieux, car la clé est cachée à l'intérieur. Un vrai casse-tête.

Ils rejoignirent l'hôtel de luxe dans lequel ils devaient passer la nuit avant de repartir le lendemain soir. Le « Athénée Palace Hilton ». Magnifique hôtel. Le luxe y est omniprésent. Emblèmes de l'hôtel, ses colonnades en marbre impressionnaient les visiteurs dès le hall, les lustres créaient l'émerveillement et guidaient les hôtes au fil des restaurants qui se succédaient dans une opulence dont Amalia n'avait pas l'habitude.

Ils y passèrent une soirée merveilleuse. Amalia était aux anges. Elle aimait porter de belles tenues. Elle qui était une femme simple tenait à être élégante en toutes circonstances. Ses tenues étaient toujours de bon goût, raffinées et de qualité.

Elle ne passait jamais inaperçue. Sa jeunesse, sa silhouette svelte et ses courbes généreuses alliées à une beauté sans pareille faisaient se retourner les têtes. Elle dénotait un peu à côté de Marc. Mais ils formaient un couple tout de même agréable à regarder. Douceur et classe, voilà ce qui les définissait.

Ils passèrent le lendemain à visiter Budapest. Prenant le petit train pour la découvrir. Bien sûr, ils visitèrent l'Athénée, superbe salle de spectacle de style néoclassique, et se promenèrent aussi main dans la main dans le jardin public qui se trouvait face à l'Athénée avant de rejoindre leur train et de se reposer dans le wagon-salon.

Le train prit la route de la Roumanie. Au lever, ils furent éblouis par le paysage des sommets de Bucegi qui se situe dans la chaîne des Carpates. Une magnifique région naturelle et sauvage.

Le train s'arrêta près du château de Pelés. Un château aux styles multiples mêlant le néogothique de formes médiévales très travaillé, le néo-Renaissance qui subit l'influence locale et le saxon qui est une architecture simple de bois, de chaumes et de pierres taillées.

Amalia fut ravie de le visiter, s'enthousiasmant sur chaque pièce. Tout lui plaisait. La cour intérieure. La vue depuis la terrasse. Les vitraux. Elle y aurait passé plusieurs jours s'ils ne devaient pas reprendre le train pour les dernières heures de voyage et préparer leurs bagages.

En début d'après-midi, l'Express entra en gare de Bucarest.

C'est avec regret qu'ils quittèrent ce train. Mais ils le reprendraient dans une semaine afin de rentrer chez eux. Finir leur voyage de noces dans ce superbe train qui est un émerveillement pour les yeux était une chance que peu de personnes pouvaient se permettre.

Dans la gare, un homme tenait une pancarte avec leurs noms. Il les emmena d'abord jusqu'à un train au confort rudimentaire. Le trajet fut assez long, près de deux heures dans des conditions bien moins confortables que dans l'Orient-Express. Mais le paysage était toujours aussi époustouflant. Beaucoup de forêts et de montagnes.

Il les mena ensuite jusqu'à leur hôtel à Brasov. L'hôtel Casa Wagner était situé sur la place de Brasov.

Ils allèrent directement dans leur chambre et se firent monter un repas. La journée avait été éprouvante. Marc mangea rapidement, donna un baiser furtif à Amalia puis s'endormit. Amalia mit plus de temps à trouver le sommeil. Tout se bousculait dans sa tête, son mariage, son voyage, Marc. La fatigue, le calme qui régnait dans la chambre, dans l'hôtel et dans la ville, finirent par l'emporter dans un sommeil profond.

Le lendemain matin, plus reposés, ils descendirent et furent accueillis par une femme charmante qui les mena à la salle du petit déjeuner. Un buffet les attendait. Ils avaient grand appétit. La veille, ils étaient épuisés et avaient peu mangé.

Ils dégustèrent donc des crêpes, des petits pains ronds, du beurre et de la confiture ainsi que des laitages, des œufs et de la charcuterie. Ils partirent ensuite visiter la ville. La marche leur fit du bien. Ils arpentèrent ses petites rues et ne rentrèrent que très tard. Ils avaient voulu profiter du peu de temps dont ils disposés et n'avaient pas déjeuné.

C'est avec joie qu'ils rejoignirent le restaurant de l'hôtel.

Où ils goûtèrent avec délectation des boulettes de viande accompagnées de différents légumes. Une petite spécialité du pays.

Le lendemain fut consacré à la visite du château de bran. Surnommé le château de Dracula, car il est associé, dans la mémoire collective, à Vlad TEPES III dit Vlad l'Empaleur alors qu'il n'y a probablement jamais séjourné. Seule la citadelle de Poenari peut lui être associée, mais elle se trouve en Valachie, pas en Transylvanie. Elle apprit que la Valachie occupe tout le sud, la Moldavie occupe l'est et la Transylvanie l'ouest du pays, ce sont les trois principautés médiévales à population roumanophone.

La visite fut plaisante, Amalia et Marc passèrent un bon moment avant de regagner leur chambre afin de se préparer pour une soirée que Marc voulait inoubliable, car nous étions le 14 août 1950 et Amalia allait fêter ses 30 ans. Il avait réservé une table dans un petit restaurant que l'hôtelière leur avait conseillé.

— Amalia, dépêche-toi, nous allons être en retard au restaurant.

— Oui, je me dépêche. Mais tu sais comment nous sommes, nous les femmes. On pense toujours avoir le temps et tout compte fait, le temps passe très vite. J'ai presque fini, je sors de la salle de bains dans deux secondes.

En effet, cela valait le coup d'attendre. Amalia était fabuleuse ce soir. Sa longue robe noire virevoltait à chacun de ses pas et mettait en valeur sa silhouette filiforme.

Elle avait remonté ses longs cheveux châtains en un chignon lâche dont s'échappaient quelques mèches ondulées. Un léger maquillage au mascara noir intensifiait ses yeux verts.

– Ouah, tu es éblouissante, ma chérie.

– Merci Marc, tu es superbe toi aussi.

– Allons-y, nous ne sommes pas en avance.

Le repas se déroula comme un enchantement. Mets fin et bon vin. Marc offrit à Amalia une magnifique croix ornée de quelques diamants et bénite comme il se doit par le curé. Un cadeau d'anniversaire qui lui fit monter les larmes aux yeux. Elle ne put s'empêcher de la porter tout de suite.

C'est lorsqu'ils rentrèrent à leur hôtel que tout bascula.

Malgré la fraîcheur de cette nuit noire, ils décidèrent de rentrer à pied, main dans la main. Ils s'arrêtaient de temps en temps afin de s'embrasser ou d'admirer une sculpture, une architecture.

Ils marchaient sous une arche. Ils étaient presque arrivés à leur hôtel. Un homme vint à leur rencontre. Ils ne lui prêtèrent pas attention, trop absorbés par leur amour. Pourtant, sa démarche était étrange et ses habits de cuir noir auraient dû les avertir du danger qui se dirigeait vers eux.

Lorsqu'ils arrivèrent à son niveau. L'inconnu se jeta sur Marc et projeta Amalia d'un bras contre un pilier de l'arche. Son cri se bloqua dans sa bouche quand elle vit leur agresseur se jeter sur le cou de son bien-aimé et commençait à le mordre.

Marc se battit tant qu'il put contre cet homme d'une force herculéenne. Mais, il n'était pas de taille à lutter. Il finit par arrêter de se débattre et resta définitivement immobile. L'homme se retourna ensuite vers Amalia. Sa bouche était couverte du sang dégoulinant de son mari.

Il avait de longues canines.

Amalia se ressaisit, se leva et, malgré ses jambes flageolantes, s'enfuit. Elle avait beau courir aussi vite qu'elle le put, l'homme atterrit devant elle. Elle enleva rapidement ses chaussures et partit dans une autre direction.

Mais l'homme la suivit sans peine. Il s'amusait de ses efforts. Elle entendait son rire dans son dos.

À bout de forces, Amalia comprit qu'elle ne survivrait pas à cette chasse, elle s'arrêta et se retourna vers l'homme qui la traquait depuis une heure.

— Qu'est-ce que tu me veux, vampire ? Car c'est bien ce que tu es ? Un vampire ! Ne me dis pas le contraire. J'ai visité un château où l'on m'a parlé de vampires.

— En effet, je suis un vampire et ce que je veux, tu le sais. Cette petite course m'a mis en appétit et je dois dire que ton odeur est merveilleuse.

J'ai hâte de pouvoir te goûter. Mais avant de te remettre à courir, sache que tu ne m'échapperas pas. Donc, autant te résigner et te laisser faire.

Si tu ne te débats pas, je pourrai te laisser la vie et tu verras que cela ne fait pas aussi mal que cela paraît. Tu pourrais même y prendre du plaisir.

Amalia se recula jusqu'au mur qui se trouvait derrière elle, s'agenouilla et se mit à prier en tenant dans ses mains la croix que Marc venait de lui offrir. La croix était cachée dans son corsage. Elle pleurait.

Le vampire recula.

– Espèce de sale petite garce, range-moi cette putain de croix et arrête de psalmodier.

Amalia n'entendait pas ce qu'il lui disait. Elle tremblait et pleurait trop pour pouvoir entendre quoi que ce soit. Plus il lui hurlait dessus, plus elle tremblait.

Puis tout à coup, quelqu'un s'abattit sur ce vampire. Ils se battirent ensemble. Le combat était d'une grande violence.
Amalia ne voulut pas attendre et voir ce qui se passait. Elle profita de ce moment pour se remettre à courir. Les larmes continuaient à couler le long de ses joues. Mais au bout de quelques minutes, elle dut s'arrêter, car un homme vampire de son état aussi s'était posé devant elle.

Il était différent de l'autre vampire. Elle le jaugea et découvrit un homme de grande stature, ses cheveux longs étaient noirs de jais et son regard profond avait l'air très calme. D'une beauté incroyable et d'une élégance rare malgré les taches de sang qui maculaient ses habits.

– Je vous en prie, n'ayez pas peur. Je ne suis pas comme celui qui vous a agressée. Comment vous appelez-vous ?

Amalia prit sa croix dans ses mains tremblantes.
Elle recula doucement en le regardant dans les yeux.

– S'il te plaît, n'aie pas peur, je ne te veux pas de mal. Comment t'appelles-tu ?

Amalia recula de nouveau contre un mur. Le vampire ne bougeait pas, il la regarda, attendant sa réponse. Aucune once de brutalité n'émanait de lui.

– Je m'appelle Amalia. Mon mari a été tué par cet homme, ce vampire. Il a aussi voulu me tuer. Vous aussi, vous êtes un vampire, et vous me dites que je ne dois pas avoir peur de vous !

Amalia se mit à rire nerveusement.

Yvan la regarda, la détailla. La femme qui se trouvait devant lui était pieds nus, ses cheveux étaient décoiffés. Malgré tout, elle était d'une grande beauté. Grande, mince, somptueuse dans sa robe de soirée. Elle tremblait et transpirait la peur. Il lui parla doucement.

– Je m'appelle Yvan. Amalia, je comprends que tu aies peur. Je ne peux malheureusement rien faire pour ton mari. Par contre, je peux encore te sauver. Mais nous avons un problème, car tu nous as vus et je ne peux pas te laisser repartir. De plus, des hommes tels que celui qui vous a attaqués rôdent et ne te laisseront aucune chance de t'en sortir. Je t'offre une chance de survivre.

– Mais comment puis-je vous faire confiance ?

– Tu n'as pas beaucoup de choix : me faire confiance, venir avec moi et vivre ou tenter ta chance seule.

Cet homme derrière nous est un prédateur. Il a fait de toi sa proie et ne te lâchera pas tant qu'il ne t'aura pas eue. Il connaît ton odeur et n'a qu'une envie, goûter ton sang et sûrement ton corps aussi.

Maintenant que tu connais notre existence, je ne peux plus te laisser partir. Je dois t'empêcher de révéler notre existence, mais surtout te sauver la vie.

– Si je viens avec vous, est-ce que vous me jurez de ne pas me tuer ? Est-ce que je pourrai rentrer chez moi ?

– Amalia, je vais être franc, la vie que tu avais n'existe plus. Tu n'as pas beaucoup d'options. Le temps presse. Tu dois te décider rapidement.

Il lui tendit doucement la main afin de ne pas l'effrayer. Un mouvement et un râle se firent entendre derrière lui.
Amalia se pencha et vit le vampire qui l'avait agressée commencer à bouger et à se relever.

Son sang se glaça et sans réfléchir, elle se remit à courir à l'opposé de ces deux hommes.

L'homme méchant se mit à la pourchasser de nouveau.

Mais il n'eut pas le temps d'atteindre Amalia. Lorsqu'elle se retourna pour voir ce qui se passait, elle vit le mauvais homme s'approcher rapidement.
Yvan la saisit en premier et s'envola avec elle à une vitesse telle que l'autre ne put les rattraper.

Ils partirent en direction de son château. Complètement hébétée, Amalia se laissa faire. Elle était comme une poupée sans vie dans ses bras. Elle finit par s'évanouir.

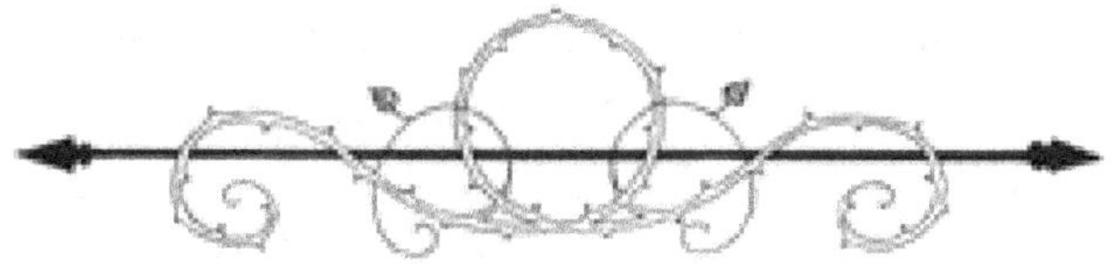

Chapitre 2
S'adapter est essentiel si
l'on veut survivre

Doucement, sans bouger, Amalia ouvrit les yeux. Elle commença par regarder autour d'elle. Elle était dans une chambre apparemment.

Elle était dans un magnifique lit à baldaquin couvert de tentures en tissu et dentelle blanche.

Comme elle ne sentait la présence de personne, elle tourna la tête tout en essayant de rester immobile. L'instinct de survie nous pousse à faire des choses que l'on n'aurait jamais faites dans des conditions normales sans passer pour des paranoïaques.

Non, il n'y avait personne. Elle se redressa et, prise de panique, elle mit la main à son cou.

Ouf, sa croix était toujours là. Mais qui avait bien pu lui changer ses vêtements ? Elle portait une longue et jolie chemise de nuit en dentelle.

D'après ce qu'elle pouvait voir au-delà des voiles et dentelles qui couvraient le lit à baldaquin, le reste de la chambre était magnifique et immense.

Il y avait sur sa droite une grande armoire avec, à côté, une coiffeuse où étaient posées des brosses ainsi que du maquillage.

En face de son lit, il y avait une porte-fenêtre.

Elle se leva précipitamment et faillit tomber. Elle se dirigea vers cette fenêtre, tira les lourds rideaux et l'ouvrit. Elle menait sur un balcon.

Il faisait beau et le soleil était déjà haut dans le ciel. Ce qui signifiait que l'on était dans l'après-midi.

Un paysage à vous couper le souffle se dessinait devant elle. Le balcon était très haut perché, elle voyait à des kilomètres à la ronde. Voyant qu'elle ne pourrait pas fuir par là, elle commença à paniquer et soudain tous les événements de la veille lui étreignirent le cœur et ses jambes vacillèrent.

Elle pleurait, recroquevillée sur le balcon. Les larmes coulaient à grands flots et son souffle était court.

– Oh Marc, mon amour, pourquoi, pourquoi ? Maintenant, elle criait sa douleur. Prise d'une hystérie, elle hurlait sa souffrance, la perte de son amour, de son mari et de sa vie.

Elle finit par s'endormir épuisée sur le balcon. Trop épuisée pour regagner le lit.

Elle se réveilla de nouveau dans ce lit à baldaquin. Doucement, la tête lourde et le cœur empli de chagrin. L'envie de pleurer son amour, sa vie passée et révolue était toujours là.

– Bonjour Amalia.

Amalia sursauta et instinctivement recula à l'opposé de la

voix.

– N'ayez pas peur, je ne vous veux pas de mal sinon vous seriez déjà morte.

Elle le regarda, il était toujours aussi beau. Ces longs cheveux noirs encadraient son visage et il la regardait. Il avait de magnifiques yeux d'un noir profond.

Il lui sourit, elle se détendit un peu.

– Je vais vous envoyer Magda, elle vous aidera à vous préparer et vous fera visiter le château. Elle vous présentera aux autres personnes qui vivent ici. Je vous laisse et si vous avez besoin de quoi que ce soit, n'hésitez pas. Vous êtes désormais chez vous et je veux que vous soyez à l'aise. Si vous le voulez bien, j'aimerais que l'on se tutoie.

Amalia hocha la tête.

– À tout à l'heure Amalia.

À peine était-il sorti qu'une femme d'un certain âge entra. Elle avait l'air jovial, et semblait humaine.

Elle portait un plateau-repas.

– Bonjour ma jolie, comment vas-tu ? Je m'appelle Magda et je suis humaine comme toi. Ma famille travaille pour Monsieur Yvan depuis plusieurs générations.

Mange ma belle, tu as besoin de reprendre des forces. Tu n'as rien mangé depuis hier soir.

Amalia regarda la femme qui se trouvait devant elle et qui lui souriait. Tout avait l'air étrange, cette chambre, cet homme, cette femme et ce château. Elle faisait un cauchemar et elle allait se réveiller. Mais cette douleur dans son cœur était bien réelle. Elle devait se faire une raison, elle ne se réveillerait pas, car elle n'était pas endormie, elle devait reprendre des forces pour essayer un jour de rentrer chez elle à Arras près de ses parents.

Amalia regarda le plateau. Il était composé d'une bouteille d'eau, de pain, de fruits, de fromage et d'une assiette sous cloche.

Elle prit la bouteille et en but tout son saoul, elle avait la gorge sèche. Cela lui fit du bien.

Elle prit ensuite le pain et y mit un morceau de fromage et mangea doucement, silencieusement.

– Merci Madame, mais je n'ai plus faim.

– Il faut manger ma belle et en plus je m'appelle Magda et non Madame.

– Je ne peux plus, mon estomac est noué et je ne pourrai plus rien manger.

– D'accord, pas de souci, je te laisse les fruits et l'eau, comme ça, si plus tard tu as faim, tu les auras avec toi. Viens, je vais te montrer la salle de bains.

La salle de bains était du même style que la chambre, composée d'un lavabo avec un meuble en dessous rempli de serviettes et de gants de toilette.

Dans le fond de la salle de bains, il y avait une baignoire agrémentée d'une douche. Ce qui n'était pas courant pour l'époque.

– Je te laisse choisir tes vêtements, ils sont dans l'armoire.

Amalia se dirigea vers l'armoire et l'ouvrit. Quelle ne fut pas sa surprise de voir ses propres vêtements dans la penderie.

– Monsieur Yvan a pensé que tu serais contente de retrouver tes vêtements et que tu serais plus à l'aise. Ne lui en veux pas, mais il n'a pas eu le choix, car celui qui a tué ton époux fait partie d'un clan puissant et surtout très barbare, il t'aurait traquée jusqu'à ce que mort s'ensuive.

Maintenant que tu es sous la protection de Monsieur Yvan, tu es en sécurité. Je sais que ça peut te paraître étrange, mais un jour tu comprendras.

Un peu choquée par tous ces propos, Amalia prit un pantalon, un pull, des sous-vêtements, des chaussettes et une paire de bottes qu'elle déposa sur un meuble de la salle de bains.

Elle alla ensuite prendre une douche qui la relaxa, elle profita longuement de l'eau chaude qui coulait sur son corps et qui dénouait chacun de ses muscles.

Lorsqu'elle sortit au bout d'un long moment, elle s'essuya et s'habilla rapidement. Elle se mit devant la glace et vit une femme fragile et cernée.

Elle prit une grande respiration et finit par sortir de la salle de bains.

— Viens ici ma jolie Amalia, je vais m'occuper de tes cheveux, assieds-toi près de la coiffeuse.

Amalia s'exécuta et se laissa sécher et coiffer les cheveux. Elle n'avait pas la force de protester.

— Voilà, c'est beaucoup mieux, nous sommes prêtes à aller visiter le château et à te présenter aux gens qui vivent ici.

Magda prit le plateau avant de sortir dans le couloir.

— Alors, Amalia, tu es au 3ᵉ et dernier étage, où logent aussi le personnel et certains invités. Nous sommes tous logés sur place dans des chambres similaires à la tienne.

Au deuxième, il y a le Maître et certains invités ainsi que des gardes. Au premier, les invités et la plupart des gardes.

— Pourquoi y a-t-il des gardes ici ? Est-ce que vous avez

peur de vous faire attaquer par d'autres vampires ou des humains ? Et pourquoi les gardes ne sont-ils pas tous au même niveau. Vous… enfin… tu es en train de me dire qu'Yvan n'a pas confiance en tous ses gardes !

– Hum hum, viens par ici.

Madga entraîna Amalia jusque dans sa chambre.

– Chut. Les vampires ont une ouïe extrêmement sensible. Si tu veux pouvoir survivre ici et dans cet univers qui est ton nouveau monde, tu dois apprendre certaines choses. Je pensais t'en parler plus tard, mais comme tu es une petite futée, il faut que je t'affranchisse au plus vite.

Tout comme il y a des soldats dans chaque pays, chaque clan vampirique a des gardes. Nous sommes comme une principauté.

Alors, cette maison est composée de 60 % de vampires et de 40 % d'humains.

Chez les humains, il y a du personnel comme moi. Dix personnes dont je fais partie s'occupent du ménage et des approvisionnements en nourriture.

Il y a vingt personnes qui sont là pour nourrir les vampires qui, eux, ne se nourrissent que de sang. Mais ne t'inquiète pas. Ils sont là de leur plein gré, ils sont bien nourris et sont rémunérés pour ça.

On les appelle les nourrices de sang.

Amalia resta ébahie. Comment pouvait-on avoir ce genre de travail ?

– Ensuite il y a vingt gardes qui sont là pour protéger le Maître et les autres vampires pendant la journée. Car bien qu'ils ne meurent pas dans la journée, comme on peut le lire dans les contes et légendes, ils sont beaucoup plus faibles et c'est pour cela qu'il y a des gardes humains. Ils veillent le jour et dorment la nuit.

Donc, les gardes vampires dorment le jour et vivent la nuit.

Ils ont l'ouïe fine et certains sont quelque peu susceptibles. Fais attention à ce que tu dis. Ils sont rapides, voire très rapides. Ils ont une très bonne vision et, comme tu le sais, ils savent voler.

Plus un vampire est vieux et plus il est puissant. Alors si tu veux survivre, il te faudra faire profil bas. Et dernier petit détail, certains vampires sont doués pour hypnotiser les gens.

Donc, si un de ces vampires te parle doucement en te fixant, baisse les yeux. Et surtout, ne tombe pas amoureuse de l'un deux, car aucun vampire ne t'épousera, jamais.

Je sais, pour le moment, tu pleures encore ton époux, mais arrivera le jour où cette douleur va diminuer. Il restera toujours dans ton cœur, mais tu vas refaire ta vie et je te conseille de la refaire avec un humain qui vieillira en même temps que toi, car les vampires sont immortels. Est-ce que tu as bien compris tout ce que je t'ai dit ?

— Oui j'ai bien compris, mais j'ai une question. Comment naissent les vampires ?

— Ils ne naissent pas vampires, ils sont transformés par le Maître. Il n'y a que le Maître qui peut le faire et les gardes sont comme qui dirait ses enfants. Certains viennent d'autres lignées dont le maître vampire bien sûr est mort, et sont venus chercher un nouveau toit. Ils ont prêté allégeance à Monsieur Yvan. Est-ce que ça va ?

— Oui, enfin non, tout cela m'a fatiguée, je ne sais pas

pourquoi je me sens si lasse. Est-ce que je peux dormir un peu et finir la visite un peu plus tard ?

— Non pas question, tu as besoin de te dégourdir les jambes et il faut que tu rencontres les personnes qui vivent ici. Il faut que tu t'intègres rapidement et lorsque tu auras pris tes marques et tes repères, nous verrons ce que tu feras dans cette maison. Tu ne dois pas rester seule, car tu es fragile et chamboulée par tous ces changements.

Allez, allons voir les autres afin que je te les présente. Surtout, ne t'inquiète pas, on s'habitue à tout et ta nouvelle vie sera belle et plaisante si tu le veux. On a la vie que l'on a envie d'avoir. Ton destin est entre tes mains. Allez viens.

Après la présentation des différents gardes humains et autres personnes travaillant dans le château, Magda emmena Amalia à la cuisine.

Une immense cuisine avec dans le fond une imposante cheminée et une armada de casseroles et de poêles qui étaient accrochées sur le mur au-dessus. Une énorme marmite était dans l'âtre et l'on pouvait sentir l'odeur d'une soupe qui mijotait flotter dans l'air.

Autour de la grande table qui trônait au centre de cette immense pièce se trouvait un homme bedonnant et jovial qui l'accueillit avec un large sourire.

— Voilà notre nouvelle collègue ! Sois la bienvenue ici. Je m'appelle Igor et si tu as besoin de quoi que ce soit en nourriture et en boisson ou autre, n'hésite pas. Je te présente ma femme Anca.

— Bienvenue Amalia. Viens, nous allons passer à table.

— Non merci, je n'ai pas faim.

– Tut tut tut, la faim vient en mangeant. Viens, nous allons passer à table.

Il regarda ce qui restait sur le plateau.

– Et vu que tu n'as presque rien mangé, tu vas t'asseoir avec nous et on va apprendre à se connaître.

Amalia, complètement perdue et épuisée par tous ces changements qui s'étaient opérés depuis 48h, n'eut pas la force de refuser.

Igor et Anca mirent sur la table du pain frais, différents fromages et servirent à tous un grand bol de soupe.

Amalia le prit et en garnit son pain. Elle se résolut à se nourrir, doucement. (sans appétit). cette soupe était tellement bonne qu'elle finit son bol et fut surprise d'avoir aussi faim malgré son cœur qui pleurait.

Elle ne voulait pas se montrer trop faible et montrer qu'elle était plus fragile qu'elle n'en avait l'air. C'est Magda qui la sortit de ses pensées.

– Allez Amalia, remontons jusqu'à ta chambre.

– Oh s'il vous plaît, est-ce que je peux aller un peu dehors, j'ai envie de prendre l'air.

– Bien sûr, viens avec moi et passons par cette porte.

Elle lui montra une porte qu'elle n'avait pas vue. Elle menait sur l'arrière du château et sur un immense jardin. Amalia s'avança et fit quelques pas. Le soleil avait presque disparu et la nuit allait bientôt tomber. Le temps était beau et la température clémente. Elle sentait les derniers rayons de soleil sur son corps. Elle marcha doucement s'arrêta, leva le visage, ferma les yeux et laissa le soleil la réchauffer. Après un long moment, elle ouvrit les yeux et poussa un long soupir, elle se retourna vers Magda.

– J'ai besoin de courir pour évacuer. Je ne veux pas m'évader. Est-ce que je peux ?

– Bien sûr que tu peux ma belle, tu n'es pas en prison.

À peine avait-elle dit cela qu'Amalia se mit à courir le plus vite possible. Elle courut à perdre haleine et ne s'arrêta que lorsqu'elle arriva à un grand chêne. Son souffle était court, son cœur était lourd. Elle se laissa tomber à genoux, se recroquevilla sur elle-même et se mit à hurler, laissant sa douleur s'évacuer. Elle pleura et hurla jusqu'à être apaisée.

– Je jure que jamais rien, plus jamais rien ne me fera de mal et que quiconque le fera en paiera le prix de la vie même si je dois perdre la mienne. Je jure de ne plus être Amalia la faible. Plus jamais je ne serai la pauvre femme que l'on ballotte d'un endroit à un autre sans lui demander son avis. Je ne veux plus subir les choses.

Elle ferma les yeux, pleura encore longuement jusqu'à l'apaisement.

Lorsqu'elle se releva, la nuit était tombée. Elle regarda autour d'elle et aperçut Yvan. Il était debout à quelques mètres d'elle, il la regardait et lui sourit.

– Viens Amalia, rentrons. Magda doit se faire beaucoup de soucis.

Amalia avança et passa devant lui. Il resta quelques pas derrière elle, silencieux.

À peine arriva-t-elle dans la lumière des fenêtres que Magda s'élança vers elle et la prit dans ses bras. Elle l'emmena jusqu'à la cuisine.

– Viens, mange un peu.

– Encore, mais Magda, depuis que je suis ici, je n'arrête pas de manger. Tu veux me gaver et me faire grossir !
– Oh regarde-moi. Ton regard a changé, oui c'est ça, ton regard a changé. Tu verras, tu seras heureuse ici. Et maintenant, mangeons ! Ensuite, je t'accompagnerai à ta chambre où tu pourras te reposer. Tu as eu une dure journée.

Après le repas et pendant la montée jusqu'à sa chambre, Magda lui présenta les différents guerriers vampires qu'elles croisèrent.

Lorsqu'elle s'allongea enfin. Elle s'endormit aussitôt, épuisée. Sa nuit fut agitée, elle se réveilla plusieurs fois en sueur et en hurlant. Des vampires assoiffés de sang peuplaient désormais ses cauchemars.

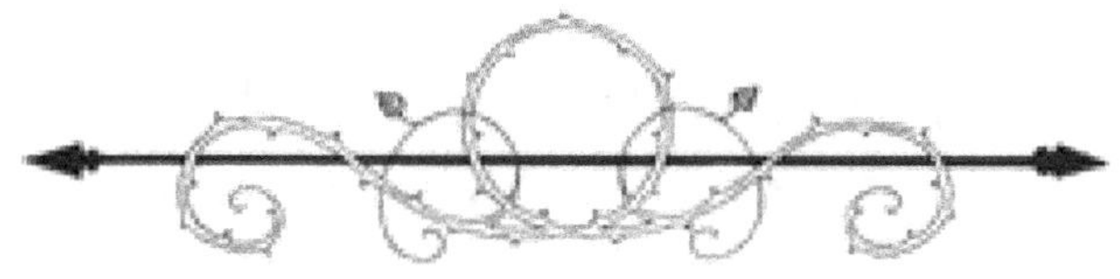

Chapitre 3
La pluie laisse souvent place au soleil

À son réveil, Amalia se sentait épuisée par sa nuit, mais un peu moins oppressée. Elle se leva, prit rapidement une douche. Elle s'habilla de la même façon que la veille, elle enfila un jeans qu'elle avait fait venir des États-Unis, car ils n'étaient pas encore fabriqués en France dans les années cinquante, pull et des bottes.

Elle descendit ensuite jusqu'à la cuisine. Elle fut surprise de voir que celle-ci était remplie de monde.

Le silence se fit d'un coup lorsqu'ils la virent, mais après un moment, les conversations reprirent.

Magda se dirigea vers elle.

– Tu es déjà levée, ma belle ! Viens t'asseoir à côté de moi. Comme tu le vois, nous prenons notre petit déjeuner. Je ne te représente plus tout le monde.

Je suis sûre que tu n'as pas retenu tous les prénoms. Mais, cela viendra avec le temps. Alors, que veux-tu prendre pour ton petit déjeuner ? Comme tu le vois, tu peux avoir tout ce que tu veux, autant sucré que salé.

– Un bol de lait chocolaté, de la brioche et du beurre, s'il te plaît.

Aussitôt dit, aussitôt fait.

Amalia se retrouva en moins de temps qu'il ne faut pour le dire avec devant elle tout ce qu'elle avait demandé.

— Magda, comment se fait-il que tout le monde parle le français ? Ce n'est pas votre langue maternelle.

— Non, en effet, mais dès notre plus jeune âge, car nous travaillons ici de génération en génération, on nous apprend plusieurs langues, dont le français.

Nous recevons d'autres vampires et leurs lignées, qui viennent d'autres pays. Nous parlons le roumain, le français, l'anglais, l'allemand, le norvégien et l'italien.

Toi aussi, tu vas devoir apprendre au moins deux autres langues, le roumain et l'anglais.

— Je suis secrétaire et je connais déjà l'anglais et l'allemand. Il me faut donc encore apprendre le roumain, le norvégien et l'italien. Facile, juste trois langues à apprendre. Je suis douée dans l'apprentissage et donc j'apprends vite. Surtout, j'aime apprendre.

— Bien, nous commencerons par le roumain. Il est indispensable que tu connaisses la langue du pays dans lequel tu vis désormais. On verra pour les deux dernières langues.

— Madga, est-ce que tu sais ce qu'ils ont dit à mes parents ?

— D'après les journaux, ils ont dit que tu avais tué ton époux et que c'est pour ça que tu t'es enfuie.

— Oh non, je ne veux pas que mes parents pensent cela de moi. Il faut que je les appelle.

Amalia se leva précipitamment, Magda mit sa main dans la sienne afin de la retenir.

– Où vas-tu ?

– Je vais appeler mes parents.

– Amalia, il y a des règles ici, tu ne peux pas appeler tes parents sans l'autorisation du Maître.

– Quoi, je ne peux pas les appeler, mais pourquoi ?

– Tu viens d'arriver et je veux voir avec le Maître comment faire pour qu'ils ne te retrouvent pas, car tu es une femme recherchée et je ne veux pas que tu finisses en prison.

Stupéfaite par ces mots, Amalia se rassit. Son appétit avait disparu, l'étincelle présente dans ses yeux il y a quelques secondes s'était éteinte. Magda lui prit la main.

– Je vais voir cela avec Monsieur Yvan, si tu veux.

– Oui oui oui, s'il te plaît, il faut que je les rassure et il faut qu'ils sachent que je n'ai pas tué Marc !

– Tes parents te connaissent et ils le savent bien. Allez, maintenant, il faut que tu manges, j'irai parler au maître dès que cela sera possible. En attendant, ne te tracasse pas, tout va s'arranger.

Rassurée, Amalia continua son repas.

Ensuite, elle entreprit d'aider à nettoyer toute la cuisine.

– Non, laisse ça Amalia, c'est mon travail.

– Anca, laisse-moi t'aider s'il te plaît. Je n'ai pas envie de remonter dans ma chambre à ressasser cette horrible soirée. Cela va m'occuper en attendant que l'on sache ce que je vais faire ici et vous avez été tellement gentils et patients avec moi hier alors que je n'étais pas bien. Je veux juste vous rendre la pareille.

– OK, vas-y, fais ce que tu peux pendant tout le temps que tu veux.

Pendant toute la matinée, Amalia rangea, lava et aida à

préparer le déjeuner. Elle faisait tout ce qu'on lui demandait sans rechigner. Même le lavage de la très grande marmite ne lui fit pas peur.

Elle n'avait jamais été passive, encore moins fainéante ! Elle avait toujours été courageuse.

À l'heure du repas du midi, elle aida à servir. Ensuite, elle aida de nouveau à laver, ranger et préparer le repas du soir.

Alors qu'elle était occupée à éplucher des légumes, tout le monde salua Yvan. Perdue dans ses pensées, elle ne l'avait pas entendu arriver. Lorsqu'elle leva la tête, elle le vit en face d'elle, de l'autre côté de la table.

Sa beauté était encore plus éclatante.

Comment pouvait-on être aussi beau ? pensa-t-elle.

– Bonjour Amalia, comment vas-tu ce soir ?

– Bonjour Yvan, je vais un peu mieux qu'hier merci.

Il hocha la tête.

– Peux-tu venir avec moi, il faut que je te parle.

Amaliase leva et le suivit. Il la mena au rez-de-chaussée dans un immense bureau. Décidément tout était grand ici.

– Assieds-toi.

Amalia se sentait anxieuse comme si elle était à l'école et était convoquée par le directeur après avoir fait une bêtise. Avant qu'il n'ait le temps de dire quoi que ce soit, elle prit la parole.

– Yvan, je vous remercie pour votre accueil, mais je veux rentrer chez moi. La France est loin d'ici, ils ne me retrouveront pas.

– Amalia, tu es maintenant dans un autre monde, violent, dangereux. Tu es devenue une proie. Donc, même si tu trouves cela injuste, tu ne quitteras pas mon clan. C'est ainsi et ce n'est pas discutable. Tu peux vivre libre parmi nous et t'intégrer. Par contre, si tu essaies de t'enfuir, je t'enfermerai dans ta chambre jusqu'à ce que tu comprennes que c'est pour ton bien. Est-ce bien clair ?

Amalia hocha la tête. Elle resta silencieuse un moment. Se refermant sur elle-même. Elle sursauta lorsqu'Yvan lui dit :

– Alors, que décides-tu ?

– Je vais essayer de m'adapter à ma nouvelle vie.

Yvan resta silencieux lui aussi, la scrutant. Cela mit Amalia mal à l'aise. Elle décida de rompre le silence.

– Est-ce que Magda vous a fait part de ma demande ?

– Oui, Magda m'a fait part de ta requête. Demain matin, un des gardes humains t'emmènera en ville et te conduira à une cabine téléphonique afin que l'on ne sache pas que tu habites ici. Tu pourras appeler tes parents. Je vais te faire confiance et te laisser les rassurer. Mais tu devras te tenir à la version que je vais te donner. Est-ce que tu es d'accord ?

– Oui, je suis d'accord, qu'importe la version. Du moment que ça peut les rassurer.

– Alors, tu raconteras à tes parents que vous vous êtes fait attaquer et que tu as survécu. Mais comme tu as vu l'assassin, qui est un homme très dangereux et recherché, les autorités roumaines t'ont mise en sécurité et ont changé ton identité. Tu ne peux pas revenir dans ton pays, mais qu'ils ne s'inquiètent pas, tu les appelleras tous les ans pour les rassurer.

Est-ce que tu as bien compris ce que je t'ai dit ? Nous ne sommes pas loin de la vérité.

– Oui, j'ai compris et ne t'inquiète pas, je me tiendrai à ce que tu as dit. Je te remercie, je serai plus apaisée de savoir qu'ils sont rassurés. Encore un grand merci.

– Ce n'est rien, je comprends, tu as passé la journée dans la cuisine. Est-ce que c'est ce que tu veux faire ?

– Je préfère faire la cuisine que le ménage.

Yvan se mit à rire, son rire cristallin lui donna des frissons.

– Je sais que tu es secrétaire et d'après Magda tu parles déjà plusieurs langues. Est-ce que cela te dirait de travailler avec moi ? C'est-à-dire que tu travaillerais l'après-midi et le soir, tu tiendrais mon agenda et tu ferais aussi ma comptabilité ou plutôt la comptabilité du château. Je t'apprendrais à la faire et tu taperais aussi les courriers.

Car même si nous vivons un peu en retrait, il faut nous plier aux rigueurs administratives de notre pays afin de ne pas attirer l'attention sur nous.

Est-ce que cela te convient ?

– Oui bien sûr, je ne pensais pas pouvoir continuer mon métier ici.

– Parfait, je vais te laisser tranquille ce soir et demain soir, je commencerai ton apprentissage. Maintenant, tu peux rejoindre la cuisine. Je pense que c'est l'heure du dîner.

– Encore merci pour mes parents et à demain soir, j'ai hâte de commencer.

Amalia rejoignit la cuisine et alla s'asseoir à côté de Magda.

– Comment s'est passée ta journée ?

– Très bien, je n'ai pas vu le temps passer. Merci d'avoir parlé à Yvan pour mes parents. Il a accepté que je les appelle. Je suis très contente. J'ai hâte d'être à demain pour entendre leurs voix.

Ah oui, j'ai une nouvelle à t'annoncer, mais peut-être es-tu déjà au courant. Yvan m'a proposé de travailler avec lui et pour lui dans son bureau.

– Il va te laisser l'accès à son bureau ?

– Oui, si je travaille pour lui, enfin, c'est ce que j'en ai déduit. Pourquoi ?

– Parce qu'il n'a jamais laissé personne travailler dans son bureau ou ne serait-ce qu'avec lui. Tu ferais quoi ?

– Le secrétariat, la comptabilité, les courriers et la tenue de son agenda, rien de spécial.

– Rien de spécial pour toi, mais sache que jamais personne n'a travaillé avec Monsieur Yvan. Tu seras la première.

– Ah bon, je ne sais pas quoi dire.

– Il est sûrement débordé et a besoin d'aide. C'est un homme très pris. Ce sera une bonne chose. Depuis le temps que je lui conseille de prendre une assistante ! Il le fait enfin.

Le reste de la soirée se passa tranquillement.

Amalia marcha jusqu'au grand chêne, elle s'assit et s'adossa à l'arbre. Elle ferma les yeux, elle avait besoin de faire le point sur sa nouvelle vie et elle se réjouissait déjà de pouvoir entendre ses parents. Cela la fit sourire.

Sentant une présence, elle ouvrit les yeux et vit Yvan devant elle. Elle ne baissa pas les yeux et l'observa. Il avait l'air tellement sûr de lui, tellement seigneurial. Toujours habillé avec ces chemises bouffantes à jabot. Ses pantalons noirs et ses grandes bottes. Il était resté dans un autre siècle. Avec ses longs cheveux noirs, il était d'une beauté renversante. Elle n'en revenait toujours pas de voir un homme aussi beau. Les autres vampires étaient beaux, mais n'avaient pas autant de magnétisme.

Lui aussi l'observait. Elle avait déjà meilleure mine. Elle était d'une grande beauté, sa longue chevelure châtain était lâchée sur ses épaules et cela la rendait encore plus belle.

Il lui tendit la main.

– Il est temps de rentrer, Amalia.

Elle saisit sa main et se releva. Elle resta un petit moment sa main dans la sienne et les yeux dans les yeux.

Soudain, elle pensa à Marc. Un voile de tristesse passa dans son regard. Elle lâcha sa main et se mit à courir. Elle ne s'arrêta que lorsqu'elle fut arrivée dans sa chambre.

– Mon Dieu, mais qu'est-ce que je fais ? Marc vient de mourir et je regarde déjà un autre homme. Non, je ne peux pas. En plus, c'est un vampire.

Elle se calma en se disant que c'était le magnétisme vampirique dont Magda lui avait parlé.

Elle se déshabilla et fila jusqu'à la douche où elle laissa l'eau et le savon à la rose emporter son anxiété. Ce n'est que tard dans la nuit qu'elle finit par s'endormir.

En fin de matinée, Vladimir le chef des guerriers

humains vint la chercher.

— Je vais t'emmener téléphoner à tes parents.

Elle le suivit silencieusement et s'installa à l'arrière du véhicule comme il lui avait commandé, là où les vitres étaient teintées, la laissant invisible aux yeux des passants.

La voiture s'arrêta à la sortie de Brasov, juste à côté d'une cabine téléphonique.

— Voilà de l'argent, tu as de quoi leur parler 5 minutes. Donc, ne perds pas ton temps en bla-bla inutile. Tu vas droit au but et tu restes dans le thème que t'a donné le Maître, sinon je couperai le téléphone. Est-ce bien compris ?

— Oui, j'ai bien compris.

Amalia prit les pièces et entra fébrilement dans la cabine. Elle respira longuement et fortement afin de se donner du courage. C'est toute tremblante qu'elle composa le numéro.

Sa mère décrocha presque aussitôt. Elle crut que son cœur s'arrêta lorsqu'elle entendit sa voix.

— Allo.

— Allo maman ?

— Oh Amalia, oh mon Dieu, Amalia. Comment vas-tu ma chérie ? Mais où es-tu, Quand est-ce que tu reviens ?

— Maman, s'il te plaît. Excuse-moi, mais je n'ai pas beaucoup de temps. Sache déjà que je vous aime, mais je ne peux pas revenir en France.

— Pourquoi ne peux-tu pas revenir en France ? Ton père et moi sommes très inquiets et nous voulons que tu reviennes près de nous.

— Avec Marc, nous nous sommes fait attaquer et j'ai survécu. Mon pauvre Marc est mort pendant cette attaque. Je n'ai pas été blessée, mais j'ai vu l'assassin qui est un homme très dangereux et recherché. Les autorités roumaines m'ont mise en sécurité et ont changé mon identité pour me protéger.

— Nous pouvons aussi te protéger. Nous pouvons demander aux autorités françaises de te venir en aide.

— Maman, si cela était possible, je le ferais, mais ces personnes sont très violentes. Si je reviens, ils s'en prendront à vous et à tous ceux que je connais.

Les autorités françaises pensent que j'ai tué Marc et c'est pour cela que je ne peux pas revenir chez moi.

Mais, ne t'inquiète pas pour moi, on prend soin de moi et je suis à l'abri et protégée.

— Oh non, je veux que tu reviennes. J'ai tant prié pour que tu reviennes. Nous prouverons ton innocence et nous prendrons le meilleur avocat de France et tout redeviendra comme avant.

— Maman, soit raisonnable, je ne peux pas revenir. Plus rien ne sera jamais comme avant. Dis-toi que je suis en vie et que l'on prend bien soin de moi. Je suis en sécurité et je vous appellerai tous les ans. Papa n'est pas là ?

— Non ma chérie, malheureusement il n'est pas là, il travaille. Il va être déçu de ne pas avoir été ici au moment de ton appel. Il aurait tellement aimé entendre ta voix. Mais pourquoi Marc a-t-il tant insisté pour faire ce voyage ? Toi, tu ne voulais pas y aller. S'il t'avait écoutée, vous seriez tous les deux près de nous.

— Je sais maman, comment vont les parents de Marc ?

— Ils sont dévastés et ne veulent plus nous parler, car

nous sommes pour eux les parents de l'assassin de leur fils.

– Oh maman, c'est horrible ce que tu dis. J'espère que vous n'avez pas perdu d'autres amis à cause de moi.

– Ce n'est rien, nos fidèles amis sont toujours là et savent que tu n'aurais jamais pu faire cela.

– Je vais devoir raccrocher. Sache que je vous aime.

– Ma chérie, nous t'aimons aussi.

Elle eut juste le temps de crier son amour avant que la communication soit coupée.

Amalia resta plantée là, le téléphone à la main.

Elle ne sortit de sa torpeur que lorsque Vladimir lui enleva le téléphone des mains et la mena à la voiture.

Arrivée à la maison, Amalia se réfugia dans sa chambre et pleura en silence. Elle finit par s'endormir. Lorsqu'elle se réveilla enfin, la nuit était tombée.

Elle se leva et se rendit jusqu'au bureau où Yvan s'occupait de sa correspondance. Il leva la tête à son arrivée. Cela la fit sourire, car elle savait qu'il l'avait entendue arriver de loin.

– Bonsoir Amalia, comment vas-tu ?

– Je fais aller, mais je suis soulagée que mes parents me sachent en vie. Cela m'a fait beaucoup de peine d'entendre la voix de ma mère et plus lorsque la communication s'est arrêtée. J'ai du mal à me dire que je ne prendrai de leurs nouvelles que dans un an. Mais je comprends et j'accepte les règles que tu as établies.

Amalia poussa un long soupir.

– Je vois, je te propose de ne commencer à travailler que demain soir et que tu ailles manger.

– Mais non, je peux commencer ce soir, il n'y a pas de problème.

– Amalia, je ne suis pas à un soir près et il est déjà très tard.

Amalia leva la tête vers l'horloge accrochée au mur au-dessus d'Yvan. Il était trois heures du matin.

– Oh, je ne m'étais pas aperçu qu'il était aussi tard. Je suis désolée d'être aussi en retard.

– Ce n'est rien, tu as été assez secouée cet après-midi. Tu avais besoin de reprendre des forces. Maintenant, file jusqu'à la cuisine. Igor t'a laissé à manger sur la table.

Amalia sortit sans dire un mot et se dirigea vers la cuisine. En effet, elle trouva du pain, du saucisson et des tomates. Elle se fit un sandwich aux saucissons et une salade de tomates puis mangea tranquillement.

C'était étrange de manger dans ce silence et sans toutes les personnes qui fourmillaient et tournoyaient autour d'elle en général lorsqu'elle venait dans cette cuisine.

Elle commençait à s'habituer à ce monde, elle, la solitaire. Elle aimait bien sortir avec ses amis, mais elle appréciait surtout rester seule chez elle à lire. Elle aimait beaucoup lire. Ce passe-temps prenait beaucoup de place dans la maison.

Elle en était à sa deuxième bibliothèque et elle aimait lire des romans d'amour, emmitouflée dans une couverture, sur son canapé.

Elle reconstitua cet environnement rassurant dans sa chambre, accumulant les livres.

Le temps passa doucement et Amalia commençait à

s'habituer à sa nouvelle vie bien que les deux premiers mois fussent difficiles pour elle. La mort de Marc, ne plus voir ses parents, vivre loin de son pays, la France, de sa ville Arras.

Son travail, sa vie d'autrefois, ses amis lui manquaient. Mais, elle commençait à s'adapter à sa nouvelle vie, à son nouveau foyer. Ses nouveaux amis remplaçaient petit à petit son ancienne vie.

Remplissant, envahissant chaque centimètre de sa vie de son corps. La transformant peu à peu afin de devenir l'une des leurs.

Elle aimait travailler avec Yvan et son nouvel emploi était passionnant.

Amalia découvrit pendant cette première année passée en Roumanie son climat qui oscille avec des étés chauds et des températures atteignant plus de 30°C et des hivers très rigoureux jusqu'à - 10°C. Le printemps et l'automne passèrent très vite, car ils sont courts, mais très agréables.

Comme tous les soirs depuis un an, elle sortit afin de se promener jusqu'à son arbre où elle s'assit contre le tronc.

Plus tôt dans la matinée, elle avait appelé ses parents. Yvan avait respecté sa parole et avait demandé à Dimitri de l'accompagner à la cabine téléphonique comme la première fois. Son père et sa mère étaient présents à la maison attendant son appel.

Ils furent heureux de savoir qu'elle allait bien. Amalia les rassura, elle était en bonne santé, elle avait un travail et s'était fait des amis.

Comme il y a un an, Amalia fut dévastée de devoir raccrocher aussi vite et c'est une Amalia déprimée que Dimitri ramena au château. Après son appel téléphonique, Amalia passa sa journée dans sa chambre, pleurant et dormant toute la journée. Personne ne vint l'importuner, car elle avait demandé à Dimitri de n'être dérangée.

Elle ne sortit que très tard dans la nuit pour aller prendre un encas dans la cuisine avant d'aller à son arbre.

Une habitude qui la détendait. Elle ferma les yeux et se remémora sa conversation avec ses parents et essaya de se rappeler leurs voix.

Elle poussa un long soupir et se décida de se relever. Elle ne fut pas surprise de trouver Yvan devant elle comme tous les soirs et quel que soit le temps. Il lui tendait la main.

Elle lui tendit la sienne, son cœur battant fortement. Elle croisa son regard et rabaissa ses yeux aussitôt.

– Merci.

– Rentrons.

Il ne lui lâcha pas la main et elle n'essaya pas de la retirer. Ils rentrèrent comme ça. Main dans la main.

Arrivé à la maison, il porta sa main à sa bouche sans la lâcher du regard. Amalia se sentait fondre. Elle ne put s'empêcher de culpabiliser en pensant à Marc.

– Bonne nuit Amalia. À demain.

– À demain Yvan.

Alors qu'elle allait atteindre l'escalier, elle entendit une voix féminine l'appeler. Elle se dirigea vers la voix qui menait à un couloir. Elle savait que ce couloir menait aux chambres et aux quartiers des nourrices de sang. Elle se demanda ce que cette personne lui voulait.

Tout à coup, elle fut projetée contre un mur. Choquée et un peu sonnée, elle essaya de s'enfuir, mais la personne l'en empêcha et la maintint contre le mur en l'étranglant.

Une main sur sa gorge.

Cette personne serrait de plus en plus fort et Amalia avait de plus en plus de mal à respirer.

— Je t'interdis de t'approcher d'Yvan. Il est à moi et personne d'autre ne l'aura.

D'un seul coup, l'étau se desserra et Amalia ouvrit les yeux et reprit son souffle. Une jeune femme se tenait devant elle. Pas plus grande qu'elle.

— Je ne comprends pas ce que vous me dites.

— Tu ne comprends pas. Tu crois que je ne t'ai pas vue avec Yvan main dans la main.

— Mais, il n'y a rien entre nous.

— Yvan ne touche jamais personne. La seule personne qu'il touche c'est moi, car je suis sa nourrice de sang. Je suis la seule humaine qui l'approche vraiment mais depuis que tu es arrivée, il a changé. Il se nourrit puis repart sitôt que tu descends. Il ne prend plus le temps de discuter avec moi. Je suis devenue invisible. Il n'a d'yeux que pour toi. Alors, un conseil, pars d'ici rapidement avant qu'il ne t'arrive un malheur, car il est à moi.

Yvan surgit alors. Sa voix était dure.

— Je ne suis pas à toi Nolween et je te demanderais de t'éloigner d'Amalia. Amalia, viens près de moi. Elle courut jusqu'à lui.

Maintenant Nolween, fais tes valises.. Je ne tolère pas que l'on menace et fasse du mal à une personne qui est sous mon toit.

Nolween se jeta à ses pieds.

— Oh Maître pardonnez-moi ! Je ne sais pas ce qui m'a

pris et ce qui s'est passé dans ma tête. Je vous aime et je n'ai pas supporté que vous lui portiez plus d'attention qu'à moi, votre nourrice de sang depuis trois ans.

— Je te l'ai déjà dit et je pense que j'ai été très clair. Je ne t'aime pas et ne t'aimerai jamais.

— Oui je sais, mais je ne sais pas ce qui m'a pris. Je vous jure que je ne recommencerai jamais. Je vous ai toujours été fidèle. Je vous en supplie, ne me chassez pas.

Nolween pleurait.

— Je ne veux plus t'entendre, fais tes bagages.

Amalia regarda Nolween et vit une jeune fille fragile. Elle était jeune, peut-être vingt-cinq ans. Elle avait l'air désespérée. Elle eut pitié d'elle.

— Oh s'il te plaît, Yvan. Sois indulgent. Elle a fait une erreur et elle regrette. En trois ans, t'a-t-elle déçu ? Est-ce qu'elle t'a un jour trahi ?

Yvan regarda Amalia. Il fut surpris de la voir défendre cette femme qu'elle ne connaissait pas et qui venait de l'agresser.

— Tu me demandes de ne pas la renvoyer ? Es-tu sûre qu'elle ne va plus t'attaquer ?

— Oui, je te demande de ne pas la renvoyer. Elle a agi sottement, aveuglée par sa jalousie et par son amour. Je pense qu'elle vient de constater sa bêtise et de comprendre que jamais tu ne l'aimeras.

Nolween se tourna vers Amalia.

— Je te jure sur ma vie que jamais plus je ne te toucherai et je t'apporterai toute l'aide dont tu auras besoin. Excuse-moi pour la peur et le mal que je t'ai fait.

Amalia se tourna vers Yvan et l'implora des yeux.

– Je te laisse une dernière chance. Si tu trahis ma confiance, je te ferai jeter dehors sans bagages et sans argent. Me suis-je bien fait comprendre ?

– Oui Maître, je ne vous décevrai pas. Yvan repartit suivi par Amalia.

– Amalia.

Elle se retourna.

– Merci.

Amalia lui fit un petit sourire afin de lui prouver qu'elle compatissait.

Arrivé dans le hall, Yvan s'arrêta d'un coup et Amalia lui rentra dedans.

– Oh excuse-moi.

Il lui releva le menton et regarda sa gorge.

– Viens, allons jusqu'à l'infirmerie.

Il lui prit la main et la mena jusqu'à une pièce équipée d'une table d'auscultation. Elle vit dans un coin une armoire transparente avec des produits, des médicaments et des bandages de toutes sortes.

La pièce était spacieuse.

– Assieds-toi sur la table.

Yvan se dirigea vers l'armoire et en sortit une pommade qu'il appliqua sur le cou d'Amalia.

– Voilà, avec cette pommade, tu devrais avoir un peu moins mal et être moins gonflée. Les traces devraient s'estomper progressivement.

– Merci.

Yvan se pencha vers elle et ses lèvres effleurèrent les siennes. Lorsqu'il se recula, Amalia resta sans voix. Il lui caressa la joue.

– Excuse-moi Yvan, j'ai besoin d'un peu de temps. Marc était mon mari et je me sens encore un peu perdue. Je ne veux pas aller vers toi par dépit, mais par choix. J'espère que tu me comprends ?

– C'est à toi de m'excuser, j'ai été trop rapide. J'espère que tu veux toujours travailler avec moi et me laisser t'accompagner lors de tes promenades jusqu'au chêne.

– Oh, mais oui, je suis toujours d'accord pour le travail et pour les promenades aussi. J'ai juste un peu honte de moi, car je suis veuve depuis à peine un an et j'ai envie de te toucher, de t'embrasser, et c'est mal.

– Ce n'est pas mal, Amalia. Tu es vivante et tu as le droit de continuer de vivre. Je ne te demande pas de renier ton passé. Nous avons tout le temps.

Elle se blottit dans ses bras. Elle lui souffla dans le cou.

– C'est tout à fait cela, je te demande un peu de temps.

– Bien sûr, prends tout le temps qu'il te faudra. Viens, je te ramène à ta chambre.

Amalia eut beaucoup de mal à trouver le sommeil. Tout se bousculait dans sa tête.

Ses parents, Marc, Yvan et sa rencontre avec Nolween. Avait-elle bien fait de la sauver et de la garder près d'elle ?

Avait-elle bien fait de laisser parler son cœur et de laisser Yvan l'embrasser ?

Sa nuit fut agitée et pleine de rêves plus fous les uns que les autres. C'est fatiguée qu'elle se réveilla et qu'elle rejoignit les autres à la cuisine au moment du déjeuner.

Magda l'accueillit avec un grand sourire.

– Viens par ici ma belle, tu as l'air épuisée. Il faut que tu manges.

– Magda, arrête de toujours vouloir me gaver comme une oie. Je vais bien, je suis juste fatiguée.

– Mais pourquoi portes-tu une écharpe ?

– J'ai un peu mal à la gorge, rien de grave.

– Il faut que tu ailles à l'infirmerie.

– J'y suis allée cette nuit avec Yvan. Il m'a soignée.

– Ah bon, Yvan t'a soignée et depuis quand Yvan soigne-t-il les personnes du château ? Depuis quand est-il devenu infirmier ?

– Comment veux-tu que je le sache ?

En fait, Amalia savait au fond d'elle-même qu'Yvan ne faisait jamais ce genre de chose et qu'elle était privilégiée.

– Oui, c'est vrai, comment peux-tu le savoir. Mange, ma belle.

En tout cas, c'est bien, tu commences à décaler tes horaires. Comme tu travailles avec Yvan, tu vas travailler de nuit. Mais ne t'inquiète pas, nous nous verrons le soir pour le dîner.

– Magda, tu es toujours aussi bonne avec moi. Merci de m'avoir accueillie et prise sous ton aile comme tu l'as fait.

– Tes paroles sont bizarres, tu comptes partir ?

– Mais non, bien sûr que non. Je me suis faite à l'idée de vivre ici, et ce, jusqu'à la fin de mes jours. Mais comme tu l'as dit, on se verra moins et je tenais à te remercier, c'est tout.

Je regrette maintenant de n'avoir pas parlé à mes parents autant que je l'aurais dû. Je ne veux plus avoir de regrets dans ma vie.

Elle se pencha vers Magda et la prit dans ses bras puis

mangea avec entrain. Après le dîner, elle alla rejoindre Yvan, mais elle fut arrêtée par Nolween.

— Amalia, bonsoir, je voulais savoir si tu allais bien.

Par reflex, Amalia porta la main à son cou.

— Ça va, ne t'inquiète pas, je n'ai plus mal, ne reste que les ecchymoses.

— Excuse-moi encore pour hier soir. Je ne sais pas ce qui m'a pris, mais lorsque j'ai vu Yvan être si proche de toi, je suis devenue folle. Pourtant, Yvan avait été clair sur le fait qu'il n'y aurait jamais rien entre nous. Je pense que le fait que j'étais sa nourrice de sang m'a fait tourner la tête. En tout cas, je te remercie beaucoup de m'avoir aidée. Je ne sais pas ce que je serais devenue si j'avais dû quitter ce château, car je suis orpheline et je n'ai pas d'endroit où me réfugier. Je suis heureuse ici même si je ne suis plus la nourrice de sang de Yvan.

-Tu n'es plus la nourrice de sang d'Yvan ?

— Non, il a pris Mickael qui était la nourrice de Sergei, le bras droit d'Yvan, et maintenant, je suis la nourrice de sang de Sergei.

— Oh, je suis désolée.

— Ne le sois pas, je l'ai mérité.

— Est-ce qu'il y a un problème ?

Amalia et Nolween sursautèrent, se retournèrent et virent Sergei.

— Non, il n'y a pas de problème. C'est une discussion de filles. N'est-ce pas, Nolween ?

— Oui, une discussion de filles.

— Bien Nolween, retourne dans tes quartiers et Amalia, Yvan t'attend.

Elles filèrent toutes les deux sans rien dire.

En entrant dans le bureau d'Yvan, celui-ci l'attendait. Elle s'approcha de lui et lui fit un rapide baiser sur la bouche et s'assit sur la chaise qu'Yvan avait déposée à côté de la sienne.

Elle le regarda s'asseoir à côté d'elle. Il avait un sourire sur les lèvres.

Il savait qu'Amalia voulait avancer à son rythme et il la laissa faire.

– Bon, ce soir, nous allons voir comment nous gérons les salaires des personnes qui vivent ici. Nous établirons les bulletins de paie et nous ferons les enveloppes afin de distribuer à chacun son dû.

Ils passèrent la nuit à travailler. Amalia nota consciencieusement tous les détails.

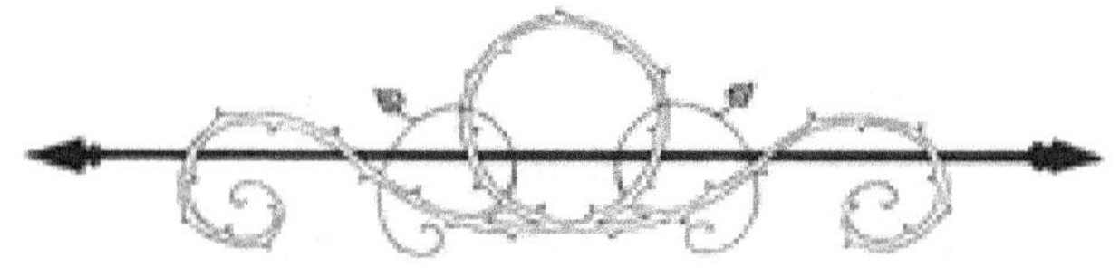

Chapitre 4
L'amour est souvent un remède

Le temps passa tranquillement et une autre année s'écoula.

Pendant cette année, Nolween essaya de se rapprocher d'Amalia. Elle tentait par tous les moyens possibles de se faire pardonner. Elle lui avait acheté des dizaines de livres, du chocolat, un péché mignon qu'Amalia aimait beaucoup.

Yvan ne voyait pas d'un très bon œil ce rapprochement, il surveillait de loin Nolween, s'assurant qu'elle ne dérape pas une fois de plus.

Au bout d'un moment, Amalia supplia Nolween de ne plus la submerger de cadeaux. Elle n'avait pas besoin de tous ces présents.

Se sentant repoussée, Nolween devint mélancolique. Consciente du mal-être de la jeune femme, Amalia lui proposa de prendre le thé avec elle de temps en temps afin de parler entre filles et c'est comme cela qu'une relation sincère et durable naquit entre ces deux femmes.

Amalia apprenait rapidement et après deux années d'apprentissage, elle savait parler plusieurs langues et travaillait de manière autonome auprès d'Yvan.

Leur complicité était évidente et ils aimaient beaucoup

passer du temps ensemble, et lorsqu'Yvan s'absentait pour ses obligations, elle se languissait de lui.

Yvan avait tenu sa parole et lui avait laissé tout le temps dont elle avait besoin.

Une année pendant laquelle il s'était quelques fois absenté pour ses affaires, pour ses réunions. On était début août 1952, Yvan venait de partir pour une de ses réunions vampiriques.

Il était à peine parti qu'Amalia se sentait déjà seule, abandonnée. Le bureau lui paraissait vide et sa promenade nocturne auprès de son arbre la rendait triste. Yvan n'était pas là pour la raccompagner. Nolween avait essayé de remplacer Yvan dans cette fonction et entraînait toujours Amalia jusqu'à la cuisine où Magda les attendait avec une bonne tisane.

Elles essayèrent de détourner Amalia de ses pensées tristes et mélancoliques, car plus le temps passé et plus Amalia se fanait, manquait d'appétit et se refermait sur elle-même.

Cela faisait quinze jours qu'il était parti. Ils n'avaient jamais été éloignés l'un de l'autre aussi longtemps. , elle pensait trop à lui, cogitait de plus en plus.

Et s'il était tombé sous le charme d'une autre femme ?

Elle se languissait de lui. Elle perdit petit à petit le goût de la nourriture, le goût de discuter avec ses amies.

Elle travaillait de plus en plus afin de combler le vide que le départ d'Yvan avait mis dans son cœur.

Et un soir, alors qu'elle travaillait sur la comptabilité, il entra et la surprit. Concentrée dans sa tâche, elle ne l'avait pas entendu arriver et elle sursauta lorsqu'il lui dit bonjour.

Elle releva la tête de ses papiers et là, son visage s'illumina tout de suite. Elle se leva si précipitamment qu'elle en fit tomber sa chaise.

– Oh Yvan, tu m'as fait peur, je ne t'ai pas entendu arriver.

– Désolé, comment vas-tu Amalia ?

– Beaucoup mieux maintenant que tu es là.

Elle s'avança vers Yvan, bien décidée à vivre pleinement son histoire avec lui. Pour cela, il lui fallait ranger Marc dans un coin de son cœur et se faire une place dans la vie du plus puissant des vampires. Et surtout ne pas laisser la place à une autre.

Jalouse, mais non !!!!

Elle commença par lui faire un petit bisou qui se transforma en un langoureux et puissant baiser.

Elle se blottit ensuite dans ses bras.

– Tu m'as manqué.

– Toi aussi, tu m'as manqué. Ce soir, pas de travail. Profitons un peu de cette belle soirée.

Yvan avait tout de suite remarqué le changement chez Amalia et il ne voulait surtout pas laisser passer cette occasion. Il allait pouvoir se rapprocher d'elle. Enfin, elle était prête.

Il avait appris par son bras droit Sergei que plus le temps passait et plus l'absence d'Yvan avait l'air de peser sur Amalia. Elle était triste et restait de longs moments au pied de son arbre les yeux fermés.

Magda était obligée de la faire manger. Eh oui encore. Il avait appris par Dimitri qu'elle dormait très peu la journée et s'occupait en travaillant encore et encore soit au bureau, soit à la cuisine afin de s'occuper l'esprit.

Elle avait aussi appelé ses parents, ce qui la fit beaucoup

pleurer. Nolween et Magda la consolèrent comme elles purent.

Yvan regrettait de ne pas avoir été là ce jour-là.

Tout le monde avait remarqué que plus le temps passait et plus Amalia devenait triste.

C'est pour cela qu'il avait décidé de faire une soirée spéciale pour leurs retrouvailles et pour fêter l'anniversaire d'Amalia.

Il avait fait préparer un pique-nique pour Amalia. On était fin août et il voulait qu'elle profite des beaux jours. En Roumanie, le temps restait ensoleillé et clément jusqu'en octobre. le temps était ensoleillé

L'hiver état glacial, la neige et le brouillard très froid s'alternaient…

de novembre en mars. Ce qui allait les contraindre à rester enfermés pendant cette période hivernale.

Le château était assez isolé et personne ne prenait le temps de déblayer les routes. Yvan ne voulait pas le faire non plus, car il aimait cet isolement.

– Oh, nous n'allons pas travailler aujourd'hui ? Pourquoi pas ! Que veux-tu que nous fassions ?

– Ça, c'est une surprise, allez viens.

Il la prit par la main et l'emmena jusqu'à son arbre. Plus ils approchaient et plus Amalia voyait se dessiner sa surprise.

Il y avait des dizaines de bougies qui rendaient l'endroit féerique. Il y en avait dans l'arbre et un peu partout sur le sol.

Un panier était posé sur une couverture. Amalia sut tout de suite qu'elle allait pique-niquer. Son dernier pique-nique remontait à son enfance, car Marc n'aimait pas ce genre d'activité. Quelle joie, elle adorait cela.

– Ouah, c'est magnifique ! Merci Yvan.

Ils s'assirent sur la couverture et Yvan ouvrit le panier et servit à Amalia un petit verre de vin rouge accompagné de bâtonnets de crudité, du fromage, du saucisson et du pain.

– Décidément, c'est une obsession chez les Roumains de me faire manger.

– Tout à fait mademoiselle Amalia, tu es mon obsession.

Elle le regarda. Un peu stupéfaite, elle savait qu'il s'intéressait à elle, mais elle ne savait pas si ses attentions étaient nobles. Alors, elle se lança.

– Tu es aussi mon obsession.

Il lui fit un grand sourire, se pencha et l'embrassa doucement, chaleureusement.

Elle mangea ensuite ou plutôt dévora ce repas. Cela fit plaisir à Yvan. Lui, bien sûr, avait déjà mangé. Avant de venir voir Amalia, il s'était nourri auprès de Mickael, sa nourrice de sang.

Après s'être rassasiée, Amalia se lova dans les bras de son nouvel amour qui était adossé à l'arbre. Il lui tendit un paquet. Elle l'ouvrit et découvrit un livre en français. Une romance qu'elle n'avait pas encore lue.

– Joyeux anniversaire Amalia.

– Yvan, ton cadeau est parfait, cette soirée est parfaite. Merci beaucoup.

Ils laissèrent le temps s'écouler sur eux. Amalia se sentait bien et en sécurité pour la première fois de sa vie.

Bien sûr, Yvan était un prédateur et elle le savait, elle ne se voilait pas la face. Mais, cela ne l'empêcha pas de se sentir en sécurité, elle savait au fond d'elle-même que jamais il ne lui ferait de mal. Ni à elle, ni à aux habitants du château.

Auprès de Marc, elle n'avait jamais eu ce sentiment de sécurité. C'était un homme bien, mais il n'avait jamais été un homme sportif et évitait toujours les problèmes et les bagarres.

Yvan était d'une autre trempe. Bien sûr, le fait qu'il soit un vampire très puissant aidait beaucoup à se sentir en sécurité. Mais encore fallait-il être avec le bon vampire et non avec celui qui avait tué Marc et qui faisait partie du clan de Sverg.

Un vampire plein de haine envers les humains, les prenant comme esclaves et nourrices de sang contre leur gré. Parfois même comme esclave sexuel.

Sverg était l'ennemi d'Yvan et ils ne se côtoyaient qu'en de très rares occasions et c'est par erreur qu'un des serviteurs de Sverg s'était introduit sur son territoire le soir de l'attaque de Marc et Amalia. Enfin, c'est ce que Sverg avait donné comme explication.

Elle sentait qu'elle pouvait s'abandonner. Elle se retourna vers Yvan et l'embrassa.

— Je t'aime, lui souffla-t-elle au creux de l'oreille.

— Moi aussi mon amour.

Ils restèrent là encore un moment avant de se lever et de repartir main dans la main vers la maison. Yvan la raccompagna jusqu'à sa chambre comme d'habitude lorsqu'il était au château et qu'ils se baladaient ensemble.

Or, ce soir, elle le retint.

– Reste avec moi cette nuit.

Il ne dit rien et la suivit dans sa chambre. À peine avait-elle fermé sa porte qu'il la prit dans ses bras et la déposa délicatement sur son lit.

Il l'embrassa doucement et commença par la déshabiller tout en continuant à la couvrir de baisers. Il finit par lui ôter son soutien-gorge. Il embrassa et lécha doucement chacun de ses tétons, les titillant, les faisant gonfler de désir. Amalia avait de plus en plus de mal à respirer. Jamais on ne lui avait apporté autant de douceur et de sensualité.

Yvan descendit ensuite lentement, caressant son corps jusqu'à sa petite culotte. Il la fit glisser jusqu'à ses pieds et l'ôta délicatement. Il alla jusqu'à la salle de bains et prit une huile pour le corps. Il se pencha vers Amalia, l'embrassa et la fit placer sur le ventre puis entreprit de la masser en commençant par les jambes, remontant progressivement jusqu'à son dos. Son massage était tout en sensualité et en douceur. Il s'appliquait à passer ses mains sur chaque centimètre de son corps. Il finit par la nuque afin de la délasser complètement, puis la retourna délicatement et redescendit en continuant à la masser pour finir par ses pieds, de la réflexologie plantaire qui donne accès à tous les organes du corps, soit un moment de pure détente. Yvan prit son temps afin qu'elle soit la plus détendue.

L'air s'embaumait de violette apportant à l'atmosphère une sensation de bien-être et de douceur.

Voyant Amalia complètement détendue, il remonta en embrassant et en caressant ses jambes. Il leva les yeux vers

Amalia et croisa son regard empli de désir.

Il continua et remonta progressivement jusqu'à son sexe. Il lui écarta délicatement les jambes et commença par lui donner un petit coup de langue. Il regarda Amalia qui venait de pousser un soupir de désir. Il continua, la léchant encore et encore jusqu'à ce qu'elle jouisse. Son souffle était court, il attendit qu'elle reprenne une respiration normale avant de se positionner entre ses jambes et commença à la pénétrer doucement.

Il se retira puis s'assit tout en la ramenant vers lui. Elle vint se mettre à califourchon sur lui et s'empala sur son sexe. Ne sachant trop que faire, elle se mit à l'embrasser, Yvan la caressa doucement.

Il l'aida ensuite à onduler. Afin que son sexe se frotte contre le sien, Amalia prit le rythme et accentua ses mouvements en respirant de plus en plus fort, elle finit par jouir une deuxième fois.

Elle posa son visage contre l'épaule d'Yvan afin de reprendre une nouvelle fois son souffle.

Après qu'elle fut redescendue et qu'elle fut redevenue calme, il l'allongea délicatement, puis il la pénétra progressivement afin de la remplir complètement. Il commença par bouger lentement puis de plus en plus rapidement et ne jouit que lorsqu'elle atteignit son troisième orgasme.

Jamais Amalia n'avait vécu une expérience pareille. C'était la première fois qu'elle jouissait. Elle n'avait jamais pensé que l'amour pouvait être aussi bon. C'était la première fois qu'on lui faisait l'amour en prenant soin de ses désirs et de son bien-être.

Ils s'endormirent dans les bras de l'un, l'autre.

— Mon amour, réveille-toi.

Amalia ouvrit les yeux. Elle vit Yvan devant lui.

— Oh, c'est déjà l'heure de se réveiller.

— Non ma belle, mais je dois regagner mes appartements. Ta chambre n'est pas assez isolée du soleil. Mais reste là et rendors-toi. Je te vois tout à l'heure et demain soir tu viendras dormir dans ma chambre.

— Oh, tu me quittes ?

— Juste pour quelques heures, cela me fait de la peine, mais là, je ne veux pas que tu traverses le château dans mes bras. Nue et enroulée dans un drap. Est-ce que tu comprends ?

— Oui, je comprends.

— Rendors-toi mon amour, je t'aime.

Il l'embrassa et partit rapidement.

Amalia se sentit un peu perdue et seule dans son lit. Elle regarda sa fenêtre et, en effet, le soleil commençait à poindre. Elle aurait aimé qu'il l'emporte avec lui dans sa chambre afin de se réveiller dans ses bras. Mais, il devait avoir ses raisons. Elle se rendormit profondément et ce sont ses baisers qui la réveillèrent de nouveau. Yvan était de retour mais il faisait déjà nuit.

— Réveille-toi ma belle au bois dormant.

— Humm, quelle heure est-il ?

— Il est 21 heures et je t'ai apporté ton petit déjeuner.

Amalia se redressa et vis posé sur la table de chevet un plateau avec un bol de lait chocolaté maison préparé par Inca, du pain frais, du beurre et de la confiture à l'orange.

— Humm, merci mon cœur.

Elle se pencha et lui fit un rapide bisou et prit le plateau. Elle mangea avec entrain. Elle était heureuse. Après son repas, elle se rallongea un sourire aux lèvres. Il s'allongea près d'elle et la prit dans ses bras pour un moment de plénitude intense.

— Si on m'avait dit il y a un an que je serais de nouveau heureuse, je ne l'aurais pas cru.

— Je suis chanceux de t'avoir près de moi. Tu me remplis de bonheur.

Malheureusement, mon amour, même si je ne veux pas interrompre ce moment privilégié, nous avons beaucoup de travail devant nous. Dans trois mois, nous recevons les autres clans, nos amis et nos alliés. Nous devons préparer les invitations, mais aussi voir tous les préparatifs afin de les recevoir dans les meilleures conditions et ainsi faire honneur à nos invités.

Nous avons un protocole à respecter.

— Pourquoi vous rencontrez-vous autant de fois par an ?

— Il est indispensable que les clans les plus puissants se réunissent pour faire le point sur les incidents et les points à améliorer. Nous devons rester le plus discrets possible aux yeux du monde

Donc, il faut absolument que l'on montre au reste du monde vampirique que nous sommes unis et pour cela nous n'hésitons pas à partir en expédition punitive envers ceux qui enfreignent nos lois. C'est-à-dire que nous tuons ceux qui boivent ou ont des actes sexuels avec des humains non consentants ou leur font faire des choses indépendantes de leur volonté en les hypnotisant.

Malheureusement, nous ne sommes pas toujours informés de tous les faits.

— Oh, c'est terrible ce que tu dis.

— Je sais, mais nous n'avons pas le pouvoir de tout connaître. Nous pouvons juste faire de notre mieux afin que nos deux mondes cohabitent sans que les humains ne souffrent trop. Allez, ne pense plus à cela et va prendre ta douche puis rejoins-moi en bas. Pendant que nous travaillons et si tu es toujours d'accord, je demanderai à Magda de déménager tes affaires dans ma chambre.

— Oui, bien sûr que je suis d'accord. Elle se retourna vers lui et l'embrassa.

— Tu ne veux pas prendre ta douche avec moi, miaula-t-elle.

— Amalia, ce serait avec plaisir, mais du travail nous attend. Les invitations doivent impérativement partir demain matin. Nous avons un protocole à respecter. Je te promets de prendre une douche avec toi tout à l'heure.

Amalia fit semblant de bouder, se leva toute nue et se déhancha, en se trémoussant afin de le faire saliver.

— Va te doucher, petite tentatrice.

Il sortit de la chambre en riant.

Après sa douche, elle s'habilla prestement et fut surprise de trouver Anastasia, une gardienne vampirique et femme de Sergei, en sortant de sa chambre.

— Bonjour Anastasia, il y a un problème ?

— Bonjour Amalia, il n'y a pas de problème, mais maintenant que tu es la femme de notre chef, tu ne peux plus rester seule.

– Je ne risque rien dans ce château.

– C'est vrai que tu ne risques pas grand-chose ici, mais il y a un protocole à respecter.

– Encore ce protocole, on se croirait dans la famille royale d'Angleterre.

– C'est presque cela. Je crois que tu ne te rends pas compte qu'Yvan est un des vampires les plus puissants de la planète et que beaucoup aimeraient le voir mort ou lui faire du mal par l'intermédiaire d'une tierce personne qu'il apprécie ou qu'il aime comme toi.

– Tu crois qu'il m'aime ?

– Oh que oui, cela fait des dizaines d'années que je ne l'ai pas vu avec une femme et que je ne l'ai pas vu aussi heureux et le fait qu'il t'installe dans ses appartements dès ce soir prouve à quel point il t'aime.

Mais je m'en doutais un peu dès qu'il a posé les yeux sur toi, il t'a aimée. Il a eu un coup de foudre.

– Comment le sais-tu ?

– Des humains débarquent ici régulièrement volontairement ou involontairement comme toi. J'en ai vu défiler depuis plus de cent ans et il n'a jamais été aussi protecteur avec quelqu'un qu'avec toi. Dès le premier jour, il a tenu à te voir, à te suivre. Il ne l'a jamais fait avec personne. J'ai su en observant son comportement qu'il

qu'il avait des sentiments pour toi. Allez viens, sinon nous allons être en retard.

En chemin, elle croisa Nolween.

– J'ai appris pour toi et Yvan. Je suis très contente pour

vous deux. Toutes mes félicitations.

– Mais comment le sais-tu ? Nous ne sommes ensemble que depuis hier soir.

– Tout ce qui concerne le Maître voyage à la vitesse de la lumière. Ici tout le monde est au courant.

– Ouah, c'est impressionnant.

– Amalia, tu es attendue par le Maître.

– Je te laisse Nolween, à bientôt.

Elle embrassa Nolween et rejoignit Anastasia. Elles arrivèrent rapidement au bureau d'Yvan, qui l'attendait. Il avait commencé à établir la liste des invités. Après un moment, il releva la tête.

– Viens ici mon amour, je vais te parler des personnes que tu vas rencontrer.

Elle s'approcha de lui mais ne savait pas comment se comporter sur leur lieu de travail. Il la mit sur ses genoux, lui fit un furtif baiser avant de commencer la présentation.

Alors d'abord, il y a Marcus, un très vieil ami. Tu vas l'adorer même s'il est d'un premier abord froid, genre tueur à gages. Il est loyal et donnerait sa vie pour ses vieux amis. Il vient d'Angleterre.

Ensuite, il y a Richard. Il vient de ton pays la France. C'est un ami comme tous ceux qui viendront ici.

Il y a Siegfried qui vient d'Allemagne.

Pablo possède les territoires d'Espagne, et du Portugal.

Giovani d'Italie, Amadeus de Suisse, Philippe de Belgique et Alexei des pays de l'Est.

Adela est la seule femme et gère les pays froids de Norvège et de Suède.

Seul Sverg de Russie n'est pas invité.

– C'est celui qui a fait tuer Marc.

– Tout à fait.

– Pourquoi n'est-il pas invité, à part le fait que c'est un assassin ?

– Parce qu'il s'est mis à dos tous les autres maîtres vampires et c'est une rencontre amicale. Donc, autant dire qu'il n'est pas le bienvenu si l'on ne veut pas que cela finisse en carnage.

– Ok, donc pas de Sverg et c'est tant mieux, car cela m'aurait été pénible de rencontrer le maître de celui qui a tué Marc et a failli me tuer.

Yvan serra Amalia dans ses bras afin de la réconforter.

– Ne t'inquiète pas, il ne viendra jamais ici.

– Oui, tu as raison. Et si nous travaillions un peu.

Ils travaillèrent jusque tard dans la nuit. Les invitations étaient prêtes à partir. La répartition des chambres était faite.

– Allons dormir, il est temps. Je sens que le jour est proche. Viens mon amour, viens allons dans notre chambre.

Elle se leva et lui tendit la main avant de le suivre docilement. Lorsqu'il ouvrit la porte de la chambre, elle fut stupéfaite de voir autant d'espace et de fenêtres.

Elle se dirigea vers l'une d'elles et ouvrit délicatement un des rideaux ultra opaques. La vue était complètement différente de celle de sa chambre. On voyait au loin un lac avec en arrière-plan une montagne.

Elle se retourna et fit le tour de la chambre. Un immense lit était disposé dans le fond de la chambre. Sur la droite, il y avait un très grand dressing.

– Tes affaires sont dans cette penderie.

Amalia l'ouvrit.

– Une penderie, tu veux dire un dressing, mais c'est immense, c'est le rêve de toutes les femmes d'avoir une telle « penderie ».

Elle se retourna tout heureuse.

– Ma puce, je vais aller me coucher et toi tu vas descendre à la cuisine, car tu ne t'es pas beaucoup restaurée cette nuit.

Son regard s'éteignit aussitôt.

– Je ne dors pas avec toi ce soir ?

– Mais bien sûr que si, viens ici mon amour.

Amalia se blottit aussitôt dans ses bras.

– J'ai été maladroit, mais je n'ai pas fait attention au temps et maintenant, je vais être très fatigué à cause du soleil.

– Tu vas mourir et revenir à la vie comme dans les contes ?

Cela fit sourire Yvan.

– Mais non ! Mon corps est plus faible, mais je ne meurs pas. Je vais dormir comme toi, mais beaucoup plus profondément tout simplement. Allez, va manger et reviens dormir près de moi. J'ai besoin de te trouver près de moi demain à mon réveil.

Il l'embrassa, se déshabilla et s'allongea en moins de temps qu'il ne faut pour le dire. Puis, il s'endormit.

Amalia sortit de la chambre et vit Magda qui l'attendait.

– Oh Magda, comme je suis heureuse de te voir. Magda lui sourit.

– Viens ma belle, allons manger.

– Magda, que penses-tu de ma relation avec Yvan ?

– Ma belle, je suis très heureuse pour vous deux. J'ai cru que tu n'allais jamais te décider et que notre pauvre Yvan allait dépérir à force de t'attendre.

– Depuis quand as-tu remarqué qu'Yvan m'aimait ?

– Il a eu le coup de foudre pour toi dès le premier regard.

– Anastasia m'a dit la même chose et toi qu'est-ce qui t'a fait penser cela ?

– Il a agi avec toi comme jamais il n'avait agi avec qui que ce soit. Alors, arrête de t'inquiéter. Il t'aime et tu l'aimes. Il n'est pas homme à prendre pour femme n'importe qui. Je ne l'ai jamais vu avec qui que ce soit et pourtant je suis à son service depuis très longtemps.

– Merci Magda de m'avoir rassurée. Je l'aime du plus profond de mon cœur et je me demandais pourquoi un homme comme lui avait posé les yeux sur moi et surtout pourquoi il m'aimait. Il est tellement beau et intelligent.

– L'amour ne s'explique pas, Amalia. C'est comme cela. Ce n'est ni une question de physique ou de puissance. Il t'aime, tu l'aimes et c'est ainsi.

Amalia lui fit une bise sur la joue.

– Allons manger, je meurs de faim.

– Ah enfin, c'est la première fois que je t'entends dire que tu as faim. Alors, pressons le pas avant que cette faim ne disparaisse.

C'est en courant et en riant qu'elles arrivèrent à la cuisine.

Alors qu'elles mangeaient en papotant de tout, Igor et Anca arrivèrent. Ils saluèrent chaleureusement Amalia et

Magda.

Amalia s'éclipsa afin de rejoindre sa chambre. Elle fut suivie par Dimitri qui l'escorta. Elle ne dit rien et se dit qu'elle devait s'y faire.

Après une douche rapide, elle se glissa près d'Yvan qui dormait profondément. Elle se blottit contre lui nue. Elle fut réveillée par des baisers et des caresses.

Elle s'étira de tout son corps et ouvrit doucement les yeux.

– Bonjour mon amour, comment vas-tu ?

– Merveilleusement bien mon cœur.

– Avant de descendre pour prendre nos repas, nous allons prendre une petite douche à deux comme je te l'avais promis.

Sans lui laisser le temps de réagir, Yvan la prit dans ses bras et l'emmena dans la salle de bains. Il la déposa sur une chaise et alla faire couler la douche afin que l'eau soit bien chaude.

Il vint la reprendre dans ses bras et alla sous la douche, il la reposa et commença par la laver. D'abord, les cheveux, les shampouinant doucement et massant son cuir chevelu.

Il poursuivit en lavant le corps d'Amalia avec du savon à la rose. Il la caressa doucement, faisant mousser le savon sur son corps. Il prit ensuite son temps pour lui rincer les cheveux et le corps.

Il continua en lui caressant légèrement son clitoris jusqu'à ce que les premiers gémissements arrivent.

Il s'arrêta et la regarda dans les yeux. Ils brillaient de désir. Il sourit, se redressa et se mit à se laver. Amalia ne dit rien et prit du savon au pin des landes et se mit à lui laver les jambes, puis elle remonta jusqu'au sexe Après l'avoir rincé, elle se mit à le lécher et à l'engloutir. Elle essayait de reproduire ce qu'elle avait lu dans ces livres.

Elle s'arrêta et le regarda avec un grand sourire, mais rougissante. C'était la première fois qu'elle faisait ce genre de chose. Mais, elle essaya malgré tout de faire bonne figure. Elle n'avait pas envie de lui faire voir qu'elle n'avait que peu d'expérience malgré ces cinq années de mariage avec Marc.

– Si tu veux jouer, alors jouons monseigneur.

– Petite coquine, je vais t'apprendre à me défier.

Il la souleva et elle écarta les jambes. Il la pénétra, mais ne commença pas son va-et-vient. Il l'embrassa d'abord doucement, puis   avec   fougue.

Amalia s'accrocha à son cou et ne put s'empêcher de faire onduler son corps contre le sien.

Tout cela l'avait excitée. Elle voulait maintenant le sentir en elle. Ils finirent par faire l'amour jusqu'à la jouissance des deux.

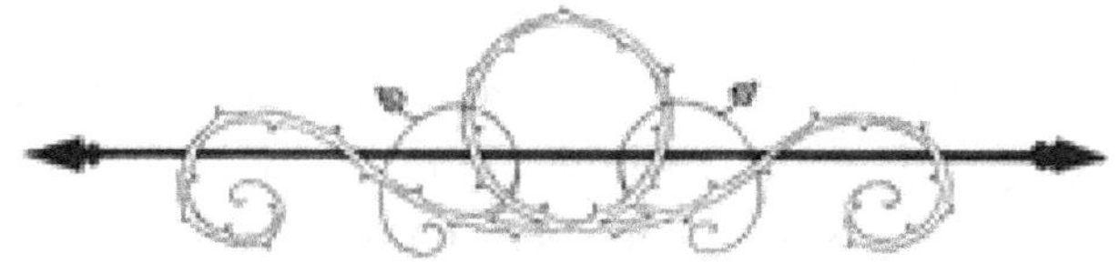

Chapitre 5 Naissance
d'une dampire

Cela faisait un mois qu'Amalia et Yvan vivaient ensemble. Ils ne se quittaient plus. Leur amour était visible et personne au château n'avait vu Yvan aussi heureux auparavant. Pas même les vampires qui le connaissaient depuis plusieurs centaines d'années.

Amalia était elle aussi très heureuse et épanouie. Cela faisait maintenant deux ans que Marc était mort. Elle voulait profiter de chaque instant qu'elle vivait auprès de son nouvel amour.

Un soir, alors qu'Amalia se préparait pour descendre, elle vit que quelque chose n'allait pas chez Yvan. Il était nerveux.

– Ça ne va pas, je te sens anxieux.

– Amalia, mon amour. Pendant un an, j'ai attendu que tu sois prête et que tu viennes à moi. Lorsqu'enfin tu m'as accueilli dans ton cœur, j'ai été le plus heureux des hommes. D'ailleurs, je n'ai jamais eu une vie aussi harmonieuse et apaisée. Tu as apporté un équilibre dans ma vie. Tu es pour moi comme une révélation. Je ne pensais pas qu'un jour j'aurais pu connaître cela. Je voudrais que tu réfléchisses à ma proposition. Je voudrais finir ma vie avec toi et je voudrais que tu sois mienne pendant des années, des siècles.

Je sais que ma demande est un peu prématurée, mais j'ai un âge certain et je suis sûr de mes sentiments. Je veux que tu réfléchisses bien et que tu prennes en considération ma demande. Je veux que tu passes l'éternité à mes côtés.

– Tu es en train de me dire que tu voudrais me transformer.

– Oui, tout à fait. Qu'est-ce que tu en penses ?

– Jamais je n'aurais pensé qu'un jour un vampire me proposerait de devenir une des vôtres. Jamais au grand jamais, je n'aurais pensé que j'aurais pu aimer passionnément ledit vampire.

La mort de Marc a balayé toutes mes convictions et je sais que la vie est fragile. Une mauvaise rencontre et votre vie est anéantie. La mort est une compagne bien cruelle et frappe au moment où l'on s'y attend le moins.

Je sais que je t'aime et je ne supporterais pas d'être séparée de toi une seule seconde. J'aimerais passer l'éternité à tes côtés. Donc, oui, j'accepte de devenir une des vôtres.

Yvan rayonna de bonheur.

– Mon amour, tu fais de moi l'homme le plus heureux du monde.

Alors, il faut que je te dise que cela est impressionnant, car tu dois presque mourir avant de renaître vampire. Mais ne t'inquiète pas, j'ai changé beaucoup de monde dans ma longue vie.

Donc, je vais te vider de ton sang et tu ne sentiras rien,

car la morsure d'un vampire est aphrodisiaque. Ensuite, je te ferai boire mon sang et, à ton réveil, tu seras une vampire.

Il te faudra quelques jours afin de t'habituer à ton nouveau statut, mais je serai près de toi et tout se passera bien.

Il faut aussi que je te parle de mon père, de notre père à tous. Le père des vampires.

Il est important que tu saches d'où je viens et comment notre vie a commencé.

Tu sais que le monde vampirique est régi en Europe par des maîtres vampires et chaque maître vampire a un clan qui lui est propre et il dirige son clan comme il l'entend.

Les territoires ont été distribués en premier lieu selon les origines de chacun.

Plus le maître vampire est ancien et plus il est puissant et plus son territoire est vaste. C'est notre père qui nous a distribué nos territoires.

Notre père est un homme très puissant, dur, mais juste. Un grand homme. Voici son histoire, comment il est né ou plutôt comment est né le premier vampire.

Au commencement, il y a des milliers d'années, l'homme qui est à l'origine de notre lignée vampirique était un homme tout ce qu'il y a de normal. Il vivait parmi les siens en totale harmonie.

Père de famille et mari aimant, il était un homme de la terre et une personne bonne.

Son nom est Angélo Castello. Il vivait en Sicile en 500 avant Jésus-Christ.

Tout d'abord, il te faut savoir qu'aux alentours de l'an 500 av. J.-C., la région sicilienne a été envahie par les Grecs. Toutefois, les Siciliens se retrouvèrent rapidement dans une situation d'esclavage semblable à celle des Ilotes à Sparte : ils étaient liés à leur territoire sans en avoir la possession.

La pression des nouvelles populations grecques a déterminé le déplacement des populations préexistantes toujours plus à l'intérieur des terres. Contraintes à abandonner la côte. Cela créa des affrontements fréquents pour le contrôle des territoires, qui devinrent par la suite des révoltes populaires.

Angélo Castello fut appelé par l'armée afin de défendre son pays contre l'invasion des Grecs. Ce fut pour lui un crève-cœur de quitter sa famille et ses terres. Il n'avait jamais combattu.

Lors d'une bataille où tout son régiment fut décimé, Angélo reçut un coup fatal et tomba sur le dos. Son cœur commençait à s'arrêter. Il était proche de la mort lorsqu'un de ses compagnons d'infortune grièvement blessé tomba sur lui. Le sang de cet homme lui coula dans la bouche. Ne pouvant pas bouger et à bout de forces, il avala le sang avant de s'évanouir.

Lorsqu'il se réveilla plusieurs jours après, il avait complètement changé. Son ouïe, ses yeux, le toucher, lui faisaient mal. Le jour, il ne supportait pas la lumière.

C'est après quelques jours qu'il commença à s'adapter à ses nouveaux sens. Par contre, il lui fallut un certain temps afin de comprendre qu'il devait dorénavant se nourrir du sang des humains. Toute la nourriture humaine le dégoûtait.

Il ne put retourner auprès des siens, car il avait peur de leur faire du mal. Il les observa pendant des années.

Sa condition et sa force surnaturelle lui permirent de prendre possession d'un château et il en devint le châtelain. Il aida sa famille à vivre avec aisance.

Leur faisant croire que la mort de l'époux, du père en héros de guerre, leur permettait de toucher une rente plus que correcte. Il les observa de loin pendant des années. Il les regarda vivre, puis mourir.

Les années passèrent, il voyait tous ses proches mourir, il décidade créer d'autres hommes et femmes comme lui.

Il recréa les conditions qui l'avaient mis dans cet état. De là naquirent les premiers vampires.

Avec le temps, certains comme moi montrèrent des prédispositions et des dons hors normes.

Nous sommes devenus les premiers maîtres vampires. Marcus, Richard, Adela, Siegried, Pablo, Giovani Amadéus, Philippe et Alexei.

Sverg, quant à lui, était déjà à part. Lorsqu'il fut trouvé et transformé par notre père, il était esclave et avait déjà beaucoup souffert. Tout son corps n'était que souffrance. Il Il agonisait dans un champ lorsque nous l'avons découvert et apporté à notre père.

Au départ, il était content de pouvoir vivre dans de très bonnes conditions. Il n'avait qu'une envie, se venger de ses maîtres. Cette vengeance devint son obsession. Ce qu'il fit avec une certaine sauvagerie, car ils moururent dans d'atroces souffrances.

J'ai pensé et à tort que le fait qu'il avait été esclave l'aurait rendu plus clément avec les personnes qui étaient à son service. Mais c'est le contraire qui se passa. Il tua beaucoup d'hommes et abusa de beaucoup de femmes qu'il tuait ensuite.

Après ces événements terribles,

Angélo imposa des règles très strictes afin que nous puissions vivre discrètement.

Notre père nous autorisa à créer notre propre clan, mais avec le temps, l'Italie commença à devenir trop petite pour nous et nos clans. Il nous attribua nos territoires.

Lorsqu'il eut son territoire, Sverg traita un peu mieux ses gens, mais il rabattit sa colère sur les humains qu'il croisait. C'est pour cela que nous l'avons exclu. Nous l'avons averti plus d'une fois de changer de comportement, mais rien n'y fit.

Tant que notre père était là, il maîtrisait mieux ses pulsions.

Mais, il y a mille ans, Angélo a voulu voir d'autres horizons et a cédé l'Italie à Giovani.

Il a embarqué pour les États-Unis où il a créé d'autres maîtres vampires et d'autres clans.

Aujourd'hui, il a près de 2 500 ans et est toujours vivant. Cela fait de lui le vampire le plus puissant du monde.

Il est mon père direct, c'est lui qui m'a créé. Si un jour tu as besoin d'aide, tu pourras le solliciter et te réfugier près de lui.

Il ne te refusera jamais son aide, ni son soutien. Aujourd'hui, il s'appelle Angélo Mac Enzie. Il habite New York.

Est-ce que tu as des questions, mon amour ?

– Ouah, quelle histoire. Ton père est le premier vampire. C'est incroyable !

– Eh oui, j'ai pensé qu'il était important pour toi de

savoir et de connaître tes nouvelles origines. Seuls les vampires connaissent cette histoire. Aucun humain ne la connaît. C'est notre secret.

— Merci de m'en avoir parlé et d'avoir partagé ça avec moi.

— C'est normal, tu vas devenir ma femme.

Il l'embrassa tendrement.

— Au fait, tu me disais que lorsque tu buvais au cou de Nolween, cela lui donnait des orgasmes ?

— Ma chérie, ce n'est pas ce que tu penses.

— Ne sois pas mal à l'aise, je viens de comprendre pourquoi Nolween était tombée amoureuse de toi. Je pense qu'elle a confondu ce que procurait ta morsure, et tes sentiments. Le fait qu'à l'époque tu étais célibataire l'a induite en erreur.

Yvan était un peu mal à l'aise. Amalia l'embrassa. Elle se mit à rire.

— Alors, quel âge as-tu ?

— J'ai mille deux cents ans.

— Ouah, je sors avec un vieillard.

Yvan s'approcha d'Amalia et la prit dans ses bras.

— Tout à fait jeune fille, tu sors avec un très vieux monsieur. As-tu d'autres questions ?

— Est-ce que je pourrai devenir maman ?

— Amalia, je ne peux pas donner la vie. Les vampires ne peuvent pas avoir d'enfant. Je suis désolé, mais je ne pourrai pas te combler comme maman.

Il lâcha Amalia et marcha de long en large. Nerveux.

Amalia l'arrêta.

– Yvan, ce n'est rien. Marc ne pouvait pas avoir d'enfant et j'en avais fait mon deuil. Je t'ai posé la question comme ça. Parce que c'est sérieux entre nous.

Je pense que je n'étais pas destinée à avoir d'enfant. Alors, je t'en prie, calme-toi. Je t'aime et je suis prête à passer l'éternité avec toi, même sans enfant.

Amalia ne voulut pas polémiquer afin de ne pas faire de mal à Yvan et cela marcha, car soulagé, Yvan, la souleva et la fit tournoyer. Amalia ria.

– Nous devons annoncer la bonne nouvelle à tout le monde.

– Le protocole, je suppose.

– Tout à fait mademoiselle Dubois future madame Kraïvosky, car en devenant une vampire, deviendras ma femme.

Il se dirigea vers une commode et fouilla dans le dernier tiroir. Il en sortit une petite boîte et vint s'agenouiller près d'elle.

Il ouvrit la boîte et demanda Amalia en mariage. C'est tout émue qu'elle accepta et contempla sa magnifique bague sertie d'un diamant.

L'annonce fut rapidement faite et le grand jour de la transformation arriva vite.

Ils étaient dans la chambre d'Yvan et plusieurs guerriers et Anastasia assistaient à la transformation.

– Amalia, mon amour, es-tu toujours d'accord pour que je te transforme ?

– Plus que jamais, je t'aime plus que l'infini.

– Je vais commencer le processus.

– Avant que tu commences, je voulais m'excuser d'avance auprès de vous tous au cas où je vous ferais du mal. Yvan m'a dit qu'à leur naissance, certains vampires étaient assez violents et c'est pour cela que vous êtes là.

– Ne t'inquiète pas Amalia, nous avons l'habitude et tous ne sont pas violents. Tu es mon amie et je suis là pour veiller sur toi. Nous sommes tous là pour veiller sur toi. Je suis heureuse que tu nous rejoignes.

Amalia la prit dans ses bras, alla embrasser Yvan puis s'allongea sur la table de l'infirmerie qui avait été déplacée dans la chambre pour la cérémonie du changement afin que cela se passe dans un endroit où Amalia se sentait bien.

Elle adorait sa chambre et avait fait quelques changements afin qu'elle soit un peu plus à son goût. Elle avait fait agencer un petit salon avec deux divans et une table basse dans le coin droit de la chambre avec quelques coussins colorés dessus.

Elle avait fait descendre sa bibliothèque et avait continué à la remplir de livres. La lecture était sa passion.

Sur le lit, elle avait aussi fait installer des coussins colorés.

Yvan se pencha vers elle.

– Je t'aime.

Il commença par boire à son cou. Amalia se mit à gémir de douleur. Mais il poursuivit, concentré sur sa mission.

C'est au moment où le cœur d'Amalia commença à ralentir de plus en plus et avant son dernier souffle, qu'il se coupa la veine de son poignet et le porta à la bouche d'Amalia.

Instinctivement, elle avala le sang qui coulait dans sa gorge.

Au bout d'un moment, Yvan retira son bras et le lécha afin de le cicatriser.

Amalia était allongée, toute calme et endormie.

– Comment se fait-il qu'elle ne bouge pas, ne se débat pas. Elle ne réagit pas comme tout le monde, dit Anastasia.

– Oui je sais, mais le processus s'est bien passé. Il nous faut attendre qu'elle se réveille.

Les heures passaient et le jour approchait. Yvan fit venir la garde des humains et expliqua la situation avant d'embrasser Amalia et d'aller se coucher.

– Surtout, venez m'avertir si vous voyez qu'elle commence à se réveiller.

– Bien sûr Maître, reposez-vous, nous allons la veiller. N'ayez crainte.

À son réveil, Yvan se précipita vers Amalia, elle dormait toujours.

– Elle n'a pas bougé, Maître.

– Vous pouvez disposer et faire entrer les gardes de nuit.

– Amalia mon amour, réveille-toi. Reviens-moi.

Il lui tenait la main, ne voulant pas la lâcher. Il avait l'air désespéré.

– Maître, Mickael est là, il faut vous nourrir.

Il se retourna et sentit la faim le prendre à la gorge. Il s'éloigna d'Amalia à regret et alla dans la salle de bains afin de se nourrir.

Il venait à peine de finir lorsqu'on vint le chercher.

– Elle se réveille, venez vite Maître.

Yvan se précipita vers Amalia.

– Amalia mon amour, comment vas-tu ?

– Humm, Yvan, s'il te plaît, arrête de crier.

– Pardon, mais je ne crie pas. Ton ouïe s'est fortement développée et il va te falloir un peu de temps avant de pouvoir la contrôler. Est-ce que tu peux te lever ?

Voilà doucement. Comment te sens-tu ? Amalia regarda autour d'elle et cligna des yeux.

– Est-ce que vous pouvez diminuer la lumière, s'il vous plaît ?

Anastasia se précipita afin de tamiser la chambre.

– Merci Anastasia, je me sens bizarre, c'est normal ?

– Qu'est-ce que tu ressens mon amour ?

– J'ai l'impression d'entendre toute la maison et de tout voir de près.

– C'est normal, demain ça ira mieux. Est-ce que tu as faim ?

– Oui, j'ai très faim maintenant que tu le dis.

– Je vais te présenter ta nourrice de sang. Je te demande de faire attention et de ne pas te jeter sur elle afin de ne pas lui faire de mal.

– Tu me fais peur, je ne veux pas lui faire de mal.

– Je suis près de toi, mais c'est la première fois que tu vas te nourrir auprès d'une nourrice et il se peut que tu sois un peu maladroite.

Une jeune fille fut présentée à Amalia.

– Je te présente Iris, elle est d'accord pour être ta nourrice.

Iris s'avança et tendit son bras vers Amalia. Elle le saisit, mais rien ne se passait et elle n'avait pas envie de la mordre. Elle regarda Yvan.

– Ouvre ta bouche Amalia.

Sans trop comprendre, Amalia s'exécuta. Il regarda mais ne vit aucune canine.

– Iris, tu peux sortir et demander à Magda de venir avec un plateau de ce que Amalia aime manger.

– Yvan, qu'est-ce qui se passe, pourquoi est-ce que je ne suis pas comme toi ? Est-ce que la transformation a échoué ?

Il attendit qu'Iris fût sortie afin de lui répondre.

– Amalia, calme-toi mon amour, je pense que la transformation s'est bien effectuée, mais tu n'es pas devenue une vampire, mais une dampire.

Amalia commença à pleurer, elle voulait être une vampire et vivre éternellement auprès d'Yvan.

– Ne pleure pas ma chérie. Si tu es une dampire, alors tu seras une alliée de grande valeur. car tes dons seront décuplés, tout comme tes acuités sensorielles, peut-être aussi ta force et ta rapidité. Nous testerons tout cela demain.. Il nous faut aussi voir si tu peux aller dans la lumière du jour.

Jusqu'à ce que l'on vérifie avec la nourriture qu'elle est

bien une dampire, nous devons tous dire que la transformation a raté et qu'Amalia est toujours une humaine.

C'est un atout important pour nous et nous devons le garder secret. Est-ce que c'est bien compris ?

– Oui Maître.

– As-tu bien compris, mon amour ?

Elle n'eut pas le temps de répondre, car Magda arrivait déjà. Elle déposa rapidement le plateau et regarda Amalia qui lui fit un sourire. Mais Magda avait vu la tristesse dans le regard de la jeune femme avant de sortir.

– Bon, voyons ce repas.

Amalia s'approcha du plateau et vit sans surprise un de ses plats préférés : des spaghettis avec une sauce au fromage et un steak bleu. Elle n'avait pas eu à voir le plateau pour savoir tout ce qu'il y avait.

Son odorat avait aussi évolué. Elle porta une Elle prit une bouchée et le goût était fabuleux.

. Elle mourait de faim et dévora l'assiette en moins de temps qu'il ne faut pour le dire.

Elle attaqua ensuite la charlotte aux fruits et le milkshake au chocolat. Elle ne s'arrêta que lorsque tout fut dévoré.

Elle se retourna et vint se blottir dans les bras d'Yvan.

– Je suis désolée de ne pas être celle que tu aurais voulu que je sois.

Il lui releva le menton.

– Tu es celle que j'aime et c'est tout ce qui compte. Mais sache que les dampires sont extrêmement rares et très convoités, et c'est pour ça que je veux que cela reste secret.

Aux yeux de tout le monde et même dans ce château, tu

es restée une humaine. Est-ce que tu comprends la portée de ce que tu es ?

– Pas encore. Si j'ai bien compris, il faut que l'on finisse de m'évaluer et après on pourra voir si je suis exceptionnelle. En tout cas, qu'importe ce que je suis, je veux juste passer ma vie avec toi.

Oh mon Dieu, est-ce que les dampires vivent aussi longtemps que les vampires ? Car si j'ai accepté cette transformation, c'est pour passer des dizaines d'années à tes côtés, voire des centaines d'années auprès de toi.

– D'après ce que je sais sur les dampires, ils vivent très très longtemps. Après, de là à te dire qu'ils vivent aussi longtemps… je ne sais pas.

– Donc, un jour ou l'autre, les habitants du château vont voir que je ne vieillis pas ?

– Oui, mais gérons chaque chose en son temps. Je vous remercie d'être venus et de nous avoir assistés. Amalia doit se reposer maintenant.

Tout le monde s'éclipsa et Amalia alla se blottir dans les bras d'Yvan. Elle s'endormit rapidement. Elle était épuisée par cette transformation.

Dans la semaine qui suivit, Amalia confirma les dires d'Yvan. Elle avait la force, la rapidité et tous les dons d'une vampire, sauf qu'elle mangeait comme une humaine et pouvait aller à la lumière du jour sans être affaiblie.

Amalia vivait un peu mal ce mensonge. Faire croire à tout le monde que la transformation avait échoué était un poids pour elle. Après un mois, elle s'habitua à ses nouveaux dons et recommença à fréquenter les humains pendant les repas.

Au début, les gens éprouvaient de la pitié pour elle. Beaucoup espéraient être changés par le Maître afin de vivre éternellement, mais très peu avaient cette chance. La sélection était très rigoureuse, seuls les plus intelligents, les plus forts et ayant prouvé leur dévouement auprès du Maître avait la chance de subir la transformation.

Quelques fois, un humain pouvait être transformé, car un vampire était tombé amoureux et ne voulait pas être séparé d'un mortel, mais seuls les amours absolus recevaient ce genre de traitement.

Les maîtres vampires ne pouvaient pas transformer trop de monde, sinon il y aurait plus de vampires que d'humains sur terre. Plus il y a de personnes à contrôler et plus cela est dur de vivre dans le secret.

Le temps passa et le jour de la réunion et de la soirée de rencontre avec les différents clans arriva rapidement.

Le château était illuminé de mille feux et les invités arrivèrent les uns derrière les autres.

Yvan présenta Amalia à tous ses amis comme sa compagne.

Trois jours de réception et de réunions.

Marcus arriva le premier et l'on pouvait voir dès son arrivée que tout le monde l'appréciait au château. Son amitié avec Yvan était forte.

Marcus était du même âge qu'Yvan et ils se connaissaient donc depuis plus d'un siècle. Grand, les cheveux châtains mi-longs avec de grands yeux noisette. Il était habillé de façon moderne, mais décontracté. Jeans, chemise blanche, veste bleu marine et une grande écharpe autour du cou. Une paire de chaussures italienne. Un mélange de décontraction et de bon goût.

Il fut enthousiaste de faire la connaissance d'Amalia. Celle qui avait pris le cœur de son meilleur ami.

Richard, quant à lui, fut ravi de savoir qu'Amalia était française et lui proposa de venir dans son château. Lorsqu'il apprit qu'elle ne pouvait plus voir ses parents, il lui promit de faire son possible afin qu'ils puissent se rencontrer par son intermédiaire.

Amalia ne put s'empêcher de le prendre dans ses bras.

— Oh merci Richard, tu viens d'illuminer ma nuit.

— Ce n'est rien, mais je ne peux pas te promettre que j'y arriverai. Je peux juste te promettre d'essayer.

— Oui, mais c'est déjà beaucoup. Merci beaucoup.

Elle rencontra ensuite Adela, la seule femme de la bande, qui gérait les pays froids de Norvège et Suède.

Amalia se sentit tout de suite un peu gauche et beaucoup moins belle face à cette femme.
Elle était magnifique, très sûre d'elle. Sa longue chevelure blonde et bouclée descendait très bas dans son dos. La superbe robe noire qu'elle portait mettait en valeur ses courbes gracieuses.

Mais Adela mit rapidement Amalia à l'aise, parlant avec elle de robes, de maquillage, de chaussures, de sacs…

— Cela fait du bien de pouvoir parler fanfreluches lors d'une réunion. Habituellement, je reste avec les hommes, car très peu de femmes m'approchent et beaucoup sont jalouses.

Mais pour toi, je n'ai pas senti de jalousie. Au contraire, tu as eu des pensées positives. Mais ne te sous-estime pas. Tu es une très belle femme et surtout, tu as bon cœur.

– Tu lis dans les pensées ?

– Non, je ressens les émotions des gens.

– Comme je te plains ma pauvre, cela ne doit pas être toujours facile d'avoir ce genre de don.

– Tu as raison, mais cela fait partie de moi et je dois faire avec.

Elle discuta ensuite avec Siegfreid, l'Allemand, un grand blond aux yeux bleus. Il avait un air autoritaire. Avec des expressions presque robotisées. Ses yeux avaient de temps en temps une expression de douceur. Mais cela ne durait jamais longtemps, comme s'il se forçait à avoir cet air austère.

Pablo qui possédait les territoires d'Espagne et du Portugal était un petit homme jovial avec des cheveux courts et noirs.

Elle fit connaissance avec tous les autres convives, Giovanni d'Italie qui comme tous les Italiens s'exprimait beaucoup avec les mains, Philippe de la Belgique très expressif et Alexei des pays de l'Est qui avait plus l'air physiquement de ressembler à un Italien, mais avec des manières d'homme de l'est. Un peu dure.

Amalia parla longuement avec Marcus, le meilleur ami d'Yvan.
Celui-ci était intrigué par le fait que son ami se soit entiché de cette humaine. Certes, elle était très jolie, mais pas sublime comme certaines vampires qu'il connaissait et qui avaient longuement couru après Yvan.

Lui-même était tombé sous le charme d'Amalia. Comme

beaucoup, il aimait les humaines gentilles et serviables. Il en avait connu beaucoup et n'hésitait pas à l'occasion à se délecter d'une humaine de façon gustative, mais aussi sexuelle.

Mais, il le sentait. Amalia était spéciale. En quoi, il ne le savait pas encore.

— Alors, mon ami, que penses-tu de ma compagne ?

— Elle est charmante, mais tu m'étonneras toujours. Toi qui avais toutes les femmes à tes pieds, tu as choisi cette humaine.

— Je te l'ai déjà dit, au premier regard, je l'ai aimée. Les sentiments ne se commandent pas. C'est comme ça. Et elle a prouvé qu'elle était la compagne idéale. Elle a joué le rôle de maîtresse de maison à la perfection. Maintenant, passons à notre dernière réunion.

— Amalia, viens avec nous. Ce soir, nous avons besoin de toi.

Tout le monde fut surpris, mais ne dit mot. Car aucun humain n'était invité à leur réunion. Pas même les compagnes et compagnons des maîtres.

— Mes amis, pendant les deux dernières soirées, nous avons fait le point sur tous les problèmes que nous devions régler. Nous avons fini bien avant l'heure.

Je vous ai demandé de rester ce soir afin de vous parler d'une chose merveilleuse qui nous est arrivée.

Et bien sûr, je vous demande le secret le plus absolu, car je ne veux pas que cela se sache. Ai-je votre parole ?

— Tu sais bien que notre confiance t'est acquise. Mais que veux-tu nous dire, car là tu as éveillé notre curiosité en plus. Tu sais bien que je ne suis pas d'une humeur très patiente.

– Oui, je le sais Marcus et c'est vrai que vous avez toute ma confiance. Vous êtes des amis de longue date.

– Bon, tu vas nous dire quel est ce secret ?

– Ok, Amalia, viens près de moi.

Amalia, qui était restée en retrait, s'approcha et se mit à côté d'Yvan.

– Alors, Amalia est une dampire.

– Une dampire, mais elles sont extrêmement rares. Comment est-ce arrivé ?

– Je ne sais pas, j'ai voulu la transformer et elle n'a pas réagi comme tous les autres. Elle n'a pas souffert. Elle paraissait dormir paisiblement. Elle s'est réveillée après deux jours comme si rien ne s'était passé. Elle avait mal aux oreilles et aux yeux, preuves que la transformation avait quand même fait son œuvre.

Seulement, elle n'a pas voulu de sa nourrice de sang et a voulu manger comme une humaine.

La lumière du jour ne l'affaiblit pas et je l'ai testée. Elle est très rapide, très forte, possède une ouïe hors norme et une vision extrêmement affûtée. Elle a peut-être d'autres dons, mais on le verra avec le temps.

Bref, elle a tous les atouts d'un vampire tout en paraissant humaine. L'un d'entre vous a-t-il remarqué qu'elle n'était pas l'une des nôtres ?

– Je me suis dit qu'elle était différente, mais je n'arrivais pas à savoir pourquoi, dit Marcus.

– Idem pour moi, dit Philippe.

– Amalia, qu'est-ce que tu as ressenti lors de ta transformation ? dit Giovanni.

– Lorsqu'Yvan a pris les dernières gouttes de sang de mon corps, je me suis sentie glisser dans un trou noir et lorsque j'ai commencé à boire son sang, j'ai glissé dans un monde de bien-être, j'étais comme apaisée. J'entendais au loin, très loin, Yvan qui me demandait de revenir.

Mais, je n'en avais pas envie. J'étais fatiguée et je voulais rester dans dans cet état de bien-être.

Ce n'est que lorsque je me suis sentie enfin reposée que j'ai eu envie de revoir mon époux. Car il me manquait tellement. J'ai décidé de revenir, de me réveiller et de le retrouver.

– Tu n'as pas eu mal lors de la transformation ? La plupart des personnes souffrent énormément lors du processus.

- Non, je n'ai pas eu mal. Je me sentais bien du début à la fin. Si Yvan ne m'avait pas manqué à ce point-là, je serais peut-être restée endormie.

– Cela veut dire que nous sommes peut-être passés à côté de dampires par méconnaissance. Il m'est déjà arrivé ce genre de chose avec une femme.

C'était il y a très longtemps et les perfusions n'existaient pas. Elle est morte faute d'avoir pu être nourrie. Peut-être était-elle une dampire qui n'a pas réussi à se réveiller.

– Tu sais qu'il y a aussi quelques fois des morts lors de transformations, Richard. Mais cela arrive même si c'est rare.

– Oui, tu as raison. Peut-être n'était-ce pas une dampire. En tout cas, si un jour cela m'arrive de nouveau, je serai plus vigilant et je la ou le ferai surveiller.

– J'ai fait hospitaliser un homme ou plutôt un guerrier qui était dans le même cas. Je vais le faire rapatrier chez moi et on va essayer de le faire revenir dans notre monde.

Puisqu'Amalia a dit qu'elle t'entendait l'appeler Yvan, dit Giovanni.

– Ça vaut le coup d'essayer, car un homme vampire guerrier de surcroît peut nous être d'une grande aide et aller s'introduire dans des endroits où des vampires rebelles se sont terrés, et ce, en plein jour.

Mais Amalia pourrait le faire aussi et nous aider, dit Siegfried.

– Il lui faut du temps et elle ne sait pas se battre, dit aussitôt Yvan.

– Oui, il faut lui laisser du temps, elle est encore un peu fragile.

– Eh bien, ma chère Adela, tu faiblis. C'est la première fois que tu viens en aide à une personne et surtout à une femme.

– Non, je ne faiblis pas, mais tous ici avant de devenir ce que nous sommes avons suivi un entraînement et vous avez des centaines d'années d'expérience derrière vous.

Amalia est comme un nouveau-né et en plus elle n'a jamais suivi d'entraînement et n'a jamais tué personne.

Mais je sens la guerrière en elle et elle nous aidera. N'est-ce pas, ma belle ?

– Oui, je le ferai et je vais m'entraîner dur pour ça.

– Pour l'instant, nous avons toujours réglé nos problèmes seuls et nous nous en servirons qu'en cas d'extrême urgence.

– Tu as raison, Adela. Ne nous emballons pas. Bienvenue dans notre monde Amalia.

– Merci Siegfried.

Tout le monde vint lui souhaiter la bienvenue en tant que

membre de la famille vampirique.

Le séjour passa rapidement emportant avec eux bagages, guerriers et nourrices de sang.

Ils repartirent faisant promettre à Yvan de venir avec Amalia. Elle avait été adoptée par la bande d'amis.

— Au revoir, mon vieil ami.

— Au revoir Yvan. Tu as raison, nous sommes tombés sous le charme de ta femme et a apprécié ses attentions. Je te remercie de nous avoir reçus, mais des obligations m'attendent.

À bientôt mon ami et viens un de ces jours avec ta compagne. Elle est la bienvenue chez moi.

Tous repartirent aussi vite qu'ils étaient arrivés et la vie reprit ainsi son cours.

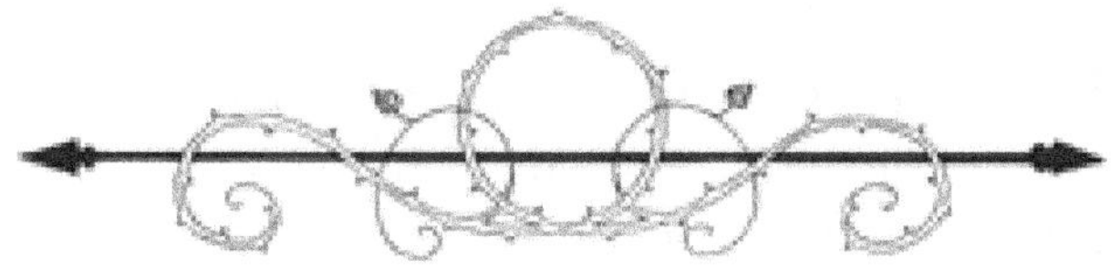

Chapitre 6
Vie d'une dampire

Amalia visita avec plaisir les différents pays du clan. Elle commença par la France, car elle avait hâte de revoir ses parents. Richard organisa cela avec beaucoup de discrétion. Il avait choisi un château qui se trouvait non loin de Chinon. Un château Renaissance enserré par les bras de l'Indre.

Ses parents n'étaient pas au courant. Ils pensaient avoir gagné un week-end dans un château de la Loire. Richard avait envoyé par la poste un bulletin de participation à un concours que sa maman renvoya sans grande conviction, mais qui ne tente rien n'a rien. Bien sûr, ils gagnèrent puisqu'ils étaient les seuls participants. Mais ça, ils ne le savaient pas.

Ils arrivèrent le samedi matin et furent installés dans une magnifique chambre.

Le soir venu, ils furent invités à dîner à la table de leur hôte. Ils prenaient un verre de vin lorsque Richard leur annonça qu'il avait une surprise pour eux. Il les invita à reposer leur verre puis à se retourner vers la grande porte de la salle.

Lorsqu'elle s'ouvrit et qu'ils virent Amalia s'avancer vers eux, ils n'en crurent pas leurs yeux. Elle était encore plus belle et sa robe de soirée la mettait en valeur.

Elle avait à ses côtés un homme très grand avec de magnifiques cheveux longs et noirs. Ses parents se levèrent à l'unisson, ils étaient bouleversés.

Amalia se mit à courir vers eux et se jeta dans leurs bras.

— Papa, maman, comme vous m'avez manqué.

Ils pleuraient tous les trois dans les bras des uns des autres. Laissant parler leurs émotions et éclater leur bonheur. Après un moment, ils se calmèrent.

— Oh ma chérie, je suis tellement heureuse de te voir. Laisse-moi te regarder de près. Tu as l'air en bonne santé et tu es magnifique.

— Maman, papa, si vous saviez à quel point vous m'avez manqué et à quel point je vous aime. Vous n'avez pas changé. Je vous présente Yvan, c'est mon époux depuis quelques mois.

Ils se tournèrent vers Yvan, qui leur sourit gentiment.

— Bonjour Monsieur et Madame Dubois, je suis enchanté de faire votre connaissance.

— Nous aussi. Vous allez venir à la maison pour passer quelques jours.

— Maman, nous ne pouvons pas venir à la maison, car je suis toujours sous haute surveillance. En fait, Yvan est la personne qui m'a cachée et qui a pris soin de moi. C'est avec le temps que nous nous sommes rapprochés.

Mais profitons de ce week-end, de chaque instant, car nous n'allons pas pouvoir nous voir avant un moment.

Allez, passons à table. Yvan et Richard ont des affaires à voir ensemble et vont donc s'absenter. Nous allons manger à trois comme par le passé.

Ils passèrent une soirée mémorable à discuter et à rire. Ses parents voulaient tout savoir de sa vie, de son mari, de ses amis, de sa maison. Ils ne tarissaient pas de questions. Amalia répondit avec la plus grande sincérité sans pour autant trahir sa promesse faite à Yvan, ne pas dévoiler leurs conditions de vampire et de dampire tant que cela était possible. Quel plaisir de se retrouver. Mais le week-end passa très vite et c'est avec beaucoup de tristesse qu'ils se quittèrent.

— Dommage que nous ayons eu si peu de temps et que nous n'ayons pas beaucoup vu ton mari.

— Oui je sais, mais il avait des rendez-vous professionnels. Ils étaient prévus de longue date et il n'a pas pu les annuler. Vous le verrez plus longuement la prochaine fois. Mais pour le moment, je ne peux pas vous dire quand. Mais dès que je le pourrai, je reviendrai vous voir. En attendant, je vous appellerai de temps en temps.

Sa mère se mit à pleurer.

— Nous devons y aller, Élise. Richard, merci de votre accueil. Yvan, enchanté d'avoir fait votre connaissance. Je vous confie ma fille. Prenez bien soin d'elle.

— Ne vous inquiétez pas Monsieur Dubois, votre fille est la femme que j'attendais depuis fort longtemps, elle est très précieuse pour moi.

Le père d'Amalia hocha la tête. On voyait qu'il était rassuré.

— Amalia ma chérie, n'oublie jamais que nous t'aimons et j'espère que tu seras toujours heureuse et que l'on va pouvoir se revoir régulièrement.

— Bien sûr papa que l'on se reverra. Je t'en fais la

promesse. Maman ne pleure pas, ce n'est qu'un au revoir.

Elle prit sa mère dans ses bras et la serra fort. Elle fit de même avec son père. Elle remercia chaleureusement Richard pour son aide et son accueil.

Amalia tint la promesse qu'elle fit à ses parents. Elle vint les voir tous les ans. Deux ans après son mariage avec Yvan, elle était toujours aussi heureuse. Elle savait qu'elle avait fait le bon choix en acceptant d'être transformée. Bien sûr, elle n'était pas devenue une vampire comme elle le voulait. Mais une dampire. Néanmoins, elle était aussi forte qu'un vampire et avait tous les dons d'un vampire de base. Puissance, vue, ouïe et force.

Elle aimait par-dessus tout pouvoir continuer à manger comme une humaine.

En 1954, Amalia et Yvan eurent leur premier désaccord.

— As-tu pensé à ma demande concernant Nolween ?

— Je ne suis toujours pas d'accord. Je sais qu'elle est ton amie, mais ce n'est pas une raison valable dans nos lois.

— Mais, tu vas transformer Dimitri.

— Oui, c'est un très bon gardien et il nous a toujours été dévoué.

— Il est aussi très amoureux de Nolween et on ne peut pas les séparer. Ce serait trop cruel.

— Femme, je vais réfléchir. Je ne savais pas qu'ils étaient amoureux à ce point-là.

— Oui, ils le sont. Tu n'aurais pas aimé être séparé de moi, ne serait-ce qu'un seul instant. N'est-ce pas ? Tu verras, elle fera une bonne gardienne.

Yvan marcha de long en large. On ne transforme pas les gens comme ça. Il y avait des critères bien précis. L'amour en était un. Car un homme transformé sans sa compagne finit par dépérir à la mort de sa bien-aimée.

En regardant son amoureux, Amalia sut qu'elle avait atteint son objectif.

En novembre 1954, Dimitri fut transformé en vampire. Il eut droit à une cérémonie identique à celle d'Amalia, mais cela se passa dans la chambre de Dimitri pour qu'à son réveil, il ne soit pas trop perdu. Nolween étant une humaine, elle n'eut pas le droit d'assister à sa transformation, car cette étape n'était accessible qu'aux vampires. Aucun humain n'était autorisé à voir cette étape ultime du passage d'un homme en vampire. Question de secret, mais aussi pour leur sécurité, car un homme qui vient d'être transformé peut être violent, se jeter sur un humain et le tuer.

Une semaine après sa transformation, il put sortir de sa chambre, mais accompagné d'un autre vampire, au cas où il déraperait. Tout se passa bien.

Néanmoins, Nolween n'eut pas le droit de rejoindre sa chambre. Elle trouva du réconfort auprès d'Amalia et de Magda. Elle dut attendre sa transformation qui arriva un mois après celle de Dimitri. Elle mit plus de temps à se stabiliser et à réussir à maîtriser sa faim. Enfin, après un mois et donc deux mois de séparation avec celui qu'elle aimait, elle put retrouver les bras réconfortants de son Dimitri. Ils allaient pouvoir s'aimer et être ensemble pour l'éternité.

En 1955, Amalia demanda à voir le guerrier qui était endormi depuis sa transformation. Elle lui prit la main et se pencha vers lui.

— Bonjour Anton, je m'appelle Amalia et je voudrais que tu te réveilles. Il est temps pour toi de revenir vers nous afin de vivre ta vie de dampire.

Comme par magie, Anton se réveilla. Il était un peu perdu dans les premières minutes, mais rapidement il reprit ses esprits comme si rien ne s'était passé.

Il fut surpris de savoir qu'il avait dormi pendant près de cinq ans et qu'il était devenu un dampire. Il avait entendu la voix d'Amalia et n'avait eu qu'une envie, la rejoindre. Il avait entendu la voix de son maître, mais cela ne l'avait pas touché. Il resta donc dans son monde de plénitude même s'il appréciait son maître. Donc, un dampire peut faire revenir un dampire.

Il lui fallut un peu de temps afin de retrouver un physique optimal, car ses muscles étaient restés presque inertes pendant cinq ans. À part les exercices de kinésithérapie, ils étaient restés immobiles. Lorsqu'il eut retrouvé toutes ses facultés physiques, on put voir qu'il n'avait rien perdu de ses dons du combat et tous les tests qu'il passa prouvèrent qu'il était bien un dampire et non un vampire.

Le temps filait comme le vent et Amalia tint la promesse faite à ses parents. Pendant les vingt années qui suivirent, ils se virent régulièrement. Comme le temps passait et qu'Amalia ne vieillissait pas, elle dut expliquer à ses parents son état dampirique.

Elle avait longuement hésité à leur dire la vérité. Même si cela lui pesait de leur cacher la vérité. Yvan avait beau lui dire qu'elle ne leur mentait pas, elle pensait que les choses que l'on cachait étaient une sorte de mensonge déguisé.

Elle avait peur de se voir rejetée, mais il n'en fut rien.

Ses parents, bien qu'un peu sceptiques au début, finirent par accepter sa condition et celui de son époux.

Son état lui permit d'assister aux obsèques de son père et de sa mère.

Son père mourut le premier en 1982. Il avait 92 ans, un bel âge. Il s'endormit un beau jour de mai pendant sa sieste et ne se réveilla pas. Une belle mort en somme.

Sa mère vint ensuite vivre avec elle en Roumanie jusqu'à sa mort. Elle fut enterrée le moment venu en 1994 auprès de son époux. Elle avait 94 ans. On peut dire que sa famille avait une longévité sans égale.

Au fur et à mesure que le temps passait, les gens autour d'elle mouraient. Elle perdit Magda en 1995.

– Oh Magda, j'aurais tellement voulu te garder près de moi.

– Je le sais Amalia, mais j'ai dit à Yvan que je ne voulais pas être transformée. Je t'ai toujours dit ce que je pensais de l'immortalité.

J'ai eu une belle vie et tu as ensoleillé mes trente dernières années.

Je suis heureuse et apaisée de te laisser auprès de Yvan. Votre bonheur suffit à mon bonheur et j'ai eu tout ce que l'on peut désirer dans une vie.

Une maison, votre maison qui a été un bon foyer pour ma petite famille et moi. Un mari que je vais bientôt rejoindre. Mon Alphonse m'attend là-haut. J'ai eu deux beaux enfants et quatre petits-enfants. Tous merveilleux.

Je suis juste déçue qu'aucun d'entre eux n'ait voulu travailler pour le Maître. Mais ils sont heureux dans leur vie. Mila est devenue une brillante avocate et son cabinet qu'elle a ouvert avec son époux est en pleine expansion. Leurs enfants, David et Jessica, marchent sur les traces de leurs parents et travaillent dans de grands cabinets.

Je ne vous serai jamais assez reconnaissante pour les aides que vous nous avez apportées en payant les longues études de mes enfants.

John, mon plus grand, est devenu médecin. Je suis contente qu'il soit resté près de Brasov. Son dévouement lorsque j'ai commencé à être malade a été un pur moment de bonheur. Cela paraît paradoxal, mais il a toujours été très pris par son travail et je ne l'ai jamais autant vu que cette année.

Son épouse et leurs deux enfants sont aussi venus souvent me voir.

J'ai eu un bon maître et tu es venue pendant mes dernières années avec tes bons soins, ton attention et ton amour. Que puis-je demander de plus à la vie ?

Je sais et je sens que la mort approche à grands pas. Je vais bientôt te quitter mon Amalia, ma petite Française. J'ai déjà fait mes adieux à mes proches. Ils vont bientôt arriver et je suis sûre que tu vas les accueillir comme il se doit, comme tu sais si bien le faire.

Amalia lui prit la main et la sentit quitter ce monde, apaisée.

Même en sachant qu'elle avait été heureuse et bien entourée, Amalia eut beaucoup de chagrin. Autant qu'elle en avait eu lorsque ses parents étaient morts. Elle considérait Magda comme une seconde mère.

Yvan la consola comme il put.

– Magda avait raison lorsqu'elle disait que la vie

humaine était plus facile. C'est pour cela qu'elle ne voulait pas devenir une vampire, car elle ne voulait pas voir mourir ceux qu'elle aimait. Elle disait toujours qu'elle ne le supporterait pas.

— Il est vrai que la vie de vampire est attrayante, mais elle a, comme toute vie, des bons et des mauvais côtés.

Amalia ne le savait que trop bien. Au début, elle n'avait pas mesuré les conséquences de sa transformation. Elle n'avait vu pour elle que la possibilité de passer sa vie auprès de son bien-aimé.

Les années deux mille dix pointaient à l'horizon. Cela faisait maintenant plus de soixante ans qu'Amalia avait quitté la France.

Elle fut le témoin privilégié des évolutions techniques. La voiture qu'elle conduisait lors de son départ était une 2CV, une Citroën qu'elle adorait. Elle était bicolore, bleu clair sur la carrosserie avec des ailes bleu foncé. Elle aimait la conduire dans les rues d'Arras. Elle était fière d'être une des rares femmes à conduire pour l'époque. Elle vit évoluer les voitures pendant toutes ces années. Les évolutions technologiques avaient fait un bond sans pareil en soixante ans.

Elles étaient de plus en plus sophistiquées.

Les trains se développèrent aussi, plus puissants et plus rapides. Au début des années 1970, le coût croissant du pétrole et la saturation des réseaux les conduisirent à créer le TGV (train grande vitesse) à traction électrique, les avions et surtout l'informatique. Dans les années cinquante, le premier ordinateur pesait près de cinquante tonnes et avait des milliers de processeurs, de mémoire, une centaine d'instructions par seconde. Soixante ans plus tard, il ne pesait plus que quelques kilos, était devenu portable et pouvait se connecter partout.

avec près de cent millions d'instructions par seconde. Son évolution était sans pareil.

Sur le plan social, elle vit avec beaucoup de plaisir l'évolution de la femme. Elle avait été contente d'avoir le droit de vote en 1944. Elle fut heureuse de voir que les Françaises purent ouvrir un compte personnel en 1965, le droit de travailler sans le consentement de leurs maris en 1965, le droit d'avorter en 1955, le droit de divorcer par consentement mutuel en 1975. En quelques années, le droit des femmes avait évolué de manière spectaculaire.

Malgré tout cela, Amalia avait quelques fois du mal à vivre sa condition de dampire. Voir des personnes qu'elle aimait mourir alors qu'elle ne vieillissait pas était une dure réalité qui se rappelait à elle régulièrement.

Heureusement, son amour pour Yvan ne faiblissait pas malgré les années. Ils étaient toujours aussi amoureux.

La seule chose qui avait aussi réjoui Amalia pendant toutes ces années était de voir ses amis vampires. Au moins, ils ne mouraient pas et leur amitié se renforçait avec les années. Ils l'avaient tous adoptée et chacun voulait lui apporter son savoir-faire tant dans la vie et les coutumes de leurs pays que dans l'art du combat.

Elle apprit chez Richard le maniement de l'épée et du sabre.

Chez Adela, elle apprit le maniement de l'arc et de l'arbalète. Elle découvrit les coutumes des pays froids. Amalia adorait en particulier la fête de Sainte-Lucie.

Sainte Lucie vivait autour de l'an 200, et la légende racontait qu'elle était exceptionnellement généreuse et bonne. En devenant chrétienne, elle avait souhaité donner sa dot aux pauvres. Son fiancé l'avait su et l'avait dénoncée comme chrétienne et elle fut brûlée sur le bûcher. Les flammes ne l'ont pas touchée bien qu'elle ait été enduite d'huile et de combustible, alors son bourreau l'a tuée à l'arme blanche.

La sainte Lucie que nous connaissons est donc une fille qui amène la lumière dans la période la plus noire et la plus longue de l'année et, de ce fait, fait partir les forces obscures.
Des processions sont organisées dans les jardins d'enfants, les écoles, les maisons de retraite et les hôpitaux, avec à leur tête une fillette vêtue d'une aube blanche, d'une bougie à la main et le front habillé d'une couronne où sont fixées des bougies.

Amalia aimait voir tous ces enfants et cette procession de lumière. Une merveille pour les yeux.

Avec Marcus, elle apprit comment s'infiltrer dans un endroit sans se faire voir et prendre. Tout l'art du camouflage.

Siegried lui apprit le maniement du pistolet.

Amalia montrait des prédispositions pour l'art du combat et montrait une grande envie de bien faire et d'aider son nouveau peuple.

Auprès de Giovanni, elle apprit comment manipuler la dynamite. Elle ne voyait pas l'intérêt de cet apprentissage. Mais bon, pourquoi pas !

Amalia aimait beaucoup l'Italie et, à chacune de ses visites, elle voulait visiter une ville différente. Ce qui rendait Giovanni fier et orgueilleux. Il était traditionnellement très expansif comme beaucoup d'Italiens. Mais surtout, il parlait beaucoup de son pays qui était aussi le berceau de la civilisation vampirique.

Son caractère était entier. Ses accès de colère étaient aussi intenses et brefs que sa chaleur était omniprésente. Mais cela le rendait très accueillant et attachant.

L'Italie est depuis toujours un pays connu pour ses artistes et son architecture. Cœur de la Renaissance.

Amalia visita toutes les villes, Rome la capitale de l'Italie, Venise célèbre pour ses canaux, Florence berceau de la Renaissance, Naples est l'une des villes les plus anciennes d'Europe et Milan la ville de la mode. Elle visita le Colisée de Rome et la basilique Saint-Pierre avec son incroyable chapelle Sixtine au Vatican.

Étant une dampire, elle n'avait aucun problème à entrer dans des lieux saints, contrairement aux vampires qui ne pouvaient pas s'approcher de ce genre d'endroits et ne pouvaient pas toucher une croix bénite.

Elle embrassa Yvan sous le pont des Soupirs à Venise. Le pont des Soupirs est l'un des ponts les plus célèbres de Venise. Construit au XVIᵉ siècle, il relie le palais des Doges aux prisons. En effet, les accusés étaient jugés dans le palais des Doges avant d'être enfermés dans les prisons. Le pont doit son nom aux soupirs poussés par les condamnés qui voyaient Venise pour la dernière fois.

Amalia avait tenu qu'ils prennent une gondole afin de passer sous le pont des Soupirs car il est dit que si des amoureux s'embrassent sous le pont sur une gondole au coucher du soleil, leur amour sera éternel. Amalia restait une éternelle romantique et cela amusait Yvan de le faire et de lui faire plaisir.

Elle visita la cathédrale Santa Maria des Fiore à Florence ou encore Pompéi près de Naples. Toutes ces villes lui coupaient à chaque fois le souffle. Elles avaient toutes un passé séculaire impressionnant, surtout Pompéi qui fut détruite le 24 août 79 sous une pluie de cendre envoyée par le Vésuve, un volcan.

À chacune de ses visites, Amalia mangeait beaucoup de glaces italiennes, une gourmandise qu'elle adorait, surtout celle au chocolat. Elle aimait cette glace, car elle était onctueuse et fondante, même si elle n'en avait d'italienne que le nom, car cette glace venait des États-Unis. Elle avait été créée en 1925 par Jean Craft. Elle n'était arrivée en Europe que dans les années cinquante.

Elle aimait son statut de dampire car elle pouvait manger tout ce qui lui plaisait, mais aussi pour son immortalité qui lui permettait de rester près de celui qu'elle aimait.

Elle apprit auprès d'Alexei le combat au corps à corps. Ce fut pour elle son plus grand et plus dur apprentissage. Alexei ne la ménagea pas. Amalia encaissait les coups. Il lui apprit différents arts martiaux japonais tels que le karaté, le judo, et le ju-jitsu. Elle apprit à ses côtés le combat physique, mais aussi les codes moraux et spirituels.

Le karaté est un art dont les techniques visent à se défendre puis à répondre par une attaque avec les doigts mains ouvertes et fermées, avant-bras, pieds, coudes et genoux.

Alors que le judo se compose pour l'essentiel de techniques de protection tout comme le ju-jitsu.

Alexei lui apprenait surtout à se défendre. Il lui apprit le close-combat, la rapidité, l'efficacité et tous les moyens de lutte, à mains nues, avec des armes, ou l'utilisation de divers objets comme moyens de défense ou d'attaque.

En close-combat, le combattant cherche systématiquement à prendre l'initiative de l'assaut, puis à écraser l'ennemi sans concession. Il est offensif. L'attaque toujours l'attaque, employant les techniques les plus dangereuses, les plus puissantes, et les plus simples que puisse générer le corps humain.

Le close-combat est par nature extrêmement violent avec pour objectif l'élimination de la force adverse en visant certaines parties précises de l'anatomie. Endommager les yeux, briser la nuque, casser les genoux, écraser la gorge…

Pablo lui apprit la boxe et la boxe thaïlandaise.

Amalia ne relâchait pas ses efforts. Après chaque cours de combat, elle allait trouver du réconfort dans les bras d'Yvan.

Lorsqu'ils revenaient d'un voyage éprouvant pour Amalia, il lui organisait toujours une soirée de rêve.

Après plusieurs années d'apprentissage.

Il l'emmena au lac qui se trouvait près du château. Il lui avait organisé comme elle l'aimait un pique-nique et des dizaines de bougies éclairaient le lieu.

L'endroit était magnifiquement éclairé. Les bougies se réverbéraient sur les eaux du lac. Après avoir mangé et dégusté du vin, Amalia entreprit de déshabiller son amoureux. Mais il l'en empêcha et, au lieu de cela, il entreprit de la déshabiller. Il sortit de l'huile et commença par la masser. Il savait qu'elle adorait les massages.

– Humm, ça fait du bien. Continue un peu plus bas. Le bas de mon dos me fait un peu souffrir.

– Mais tu es une dampire, tu te régénères aussi vite que moi. Nous ne connaissons pas la douleur ou, en tout cas, brièvement puisque nous guérissons très vite.

– Ah bon, tu es sûr, car j'ai l'impression d'avoir mal et d'avoir besoin d'un long massage.

– Ok, je vais faire comme si tu avais mal et je vais te faire un long massage, ma chérie. Tes désirs sont des ordres.

Amalia sourit et se détendit encore plus, profitant pleinement de ce moment de plénitude. Les mains d'Yvan étaient légères par moments et plus soutenues à d'autres moments. Amalia était en plein rêve.

Puis les mains furent remplacées par sa bouche. Il commença par le cou et descendit le long de son dos. Il la retourna doucement et remonta le long de son ventre avant de prendre possession de sa bouche et de l'embrasser sensuellement.

Malgré la soixantaine d'années passées ensemble, l'amour et l'envie étaient toujours présents.

Ils firent l'amour comme au premier soir et ils passèrent ainsi le reste de la nuit enlacés.

Les étoiles se reflétaient dans l'eau du lac et les bougies apportaient à l'ensemble une vision féerique.

Ils partirent le lendemain pour le château d'Alexei à Riga, qui est la capitale de la Lettonie. Construite sur la mer Baltique au fond du golfe de Riga, dans lequel se jette la Daugava, beaucoup de Russes habitent cette ville, car la Lettonie est voisine de la Russie.

Amalia aimait se promener à Riga, car bien que n'en possédant pas, elle aimait les chats et à Riga, le chat est roi. Chats de gouttière ou racés, jusqu'au bout des poils, les félins ont la part belle dans le cœur des Lettons. Ce n'est donc pas pour rien si le chat noir surmontant le 10 de la rue Meistaru est devenu l'un des symboles forts de l'identité nationale.

Avec Alexei, elle s'entraînait durement au combat au corps à corps.

Amalia venait d'atterrir sur le sol, ou plutôt venait d'être projetée sur le sol comme un sac de patates.

– Allez Amalia, je pense que tu peux faire mieux.

Elle commençait à se relever lorsqu'Alexei se jeta sur elle. Elle décida de passer en mode rapide afin de lui échapper. Elle partit vers la droite et revint tout de suite se jeter sur lui.

Mais Alexei était un guerrier hors pair et la bloqua en moins de temps qu'il ne faut pour le dire.

Amalia ne pouvant plus bouger s'avoua vaincue.

– Je ne serai jamais une grande guerrière. J'ai beau m'entraîner, je n'arrive jamais à vous battre, que ce soit toi ou n'importe quel autre maître vampire.

Le seul art dans lequel j'exerce, c'est le tir. Je ne suis pas très douée pour le combat.

– Ne dis pas ça, tu ne le vois peut-être pas, mais tu as beaucoup progressé. J'ai juste relevé le niveau au fur et à mesure des années. Il nous a fallu plusieurs centaines d'années avant d'en arriver là.

Donc, ne baisse pas les bras. Tu vas finir par me battre un jour. Je ne te dis pas que cela sera facile, car je ne suis pas prêt à me laisser faire. La leçon est terminée. Allons-nous détendre et passer une soirée entre personnes de bonne compagnie.

Les jours passèrent très vite entre entraînements, discussions animées sur l'art du combat et soirées sympathiques.

– Merci Alexei pour ton accueil. Comme d'habitude, tout a été parfait. Tu as même fait préparer des petits pains fourrés à la viande ou au chou. Comment appelles-tu cela déjà ?

– Des piragis et ce n'est pas moi qui ai demandé à les faire préparer. Madriachka, ma cuisinière, t'apprécie et comme elle sait que tu aimes ces petits pains, elle les a faits pour te faire plaisir.

– Oh, il faut absolument que je la remercie avant de partir. Je reviens tout de suite Yvan.

Il n'eut même pas le temps de répondre qu'elle courait déjà jusqu'à la cuisine. Son entrain le fit sourire.

– Tu as beaucoup de chance, mon ami.

– Oui, il est vrai que depuis qu'elle est entrée dans ma vie, j'ai su qu'elle allait la transformer.

– On se revoit dans trois mois.

– Oui, avec plaisir, mon ami.

Ils se quittèrent. Amalia et Yvan reprirent la route afin de rentrer chez eux. Deux gardes les accompagnaient. Un vampire et un humain.

Ils étaient en route pour l'aéroport. Yvan avait su évoluer avec son temps et avait investi dans un jet privé.

Mais ils furent attaqués avant d'arriver à l'avion. Ils entendirent des déflagrations et la voiture partit de gauche à droite, zigzagant avant de s'immobiliser sur le bas-côté.

Amalia vit rapidement que le guerrier humain était mort. Il avait reçu une balle en pleine tête. Son cœur s'accéléra, mais elle n'eut pas le temps de paniquer, car Yvan la sortit très rapidement de la voiture afin qu'ils se mettent à l'abri dans un fossé. Une vingtaine de vampires sortirent de l'ombre.

Amalia frissonna en voyant s'avancer vers eux le vampire qui avait tué Marc il y a soixante ans déjà. Elle ne l'avait jamais oublié. Il était gravé dans sa mémoire.

L'affrontement était inévitable. En plus de plusieurs armes de poing et de pistolets, ils étaient tous armés d'épée.

Yvan et son garde qui ne se déplaçaient jamais sans une épée sortirent la leur. Il tendit à Amalia l'épée du garde mort. Ils se regardèrent brièvement avant de s'élancer dans la bataille.

Yvan décapita plusieurs vampires et en envoya plusieurs autres au tapis. Amalia et le guerrier se battirent tant qu'ils purent et Amalia tua ses premiers vampires. Elle était morte de peur, mais essaya de garder la tête froide et appliqua les enseignements qu'on lui avait appris ses dernières années.

Ils arrivèrent à maîtriser les vampires venus les agresser, mais d'autres vinrent les surprendre par-derrière comme des lâches.

Ils tuèrent le guerrier et prirent Amalia en otage afin qu'Yvan se rende.

— Non Yvan, ne fais pas ça. Ils nous tueront de toute façon. Les gens du château ont besoin de toi.

— Notre maître nous a demandé de vous ramener vivants tous les deux. Donc, jette ton épée et nous l'épargnerons.

Yvan jeta son épée et ils furent emmenés chez Sverg. Ils se retrouvèrent rapidement à l'aéroport d'où ils décollèrent à destination de la Russie.

Près de trois heures après leur reddition, ils se retrouvèrent face à Sverg.

— Bienvenue chez moi, mon cher Yvan. Merci d'avoir accepté mon invitation.

— Ton invitation, tu plaisantes Sverg.

— Oh Yvan, nous nous connaissons depuis si longtemps et tu me connais bien. Toi et ta bande de vampirillos m'avez toujours rejeté. Mais aujourd'hui, je suis le maître du jeu et j'ai bien envie de m'amuser. Ta femme est charmante.

— Ne touche pas à ma femme.

Yvan se débattit et envoya les gardes qui le tenaient contre le mur. Il se mit en garde et Amalia fit de même. Ils se battirent le plus longtemps qu'ils purent, mais leurs adversaires étaient beaucoup trop nombreux et de nouveau, ils furent maîtrisés.

Yvan fut emmené à l'autre bout de la salle et Amalia fut jetée aux pieds de Sverg.

Sverg ne lui laissa pas le temps de réagir et se jeta sur elle.

Il lui arracha ses vêtements. Apeurée, elle essaya de se débattre, mais Sverg était puissant. Elle ne faisait pas le poids face à un vampire aussi ancien.

Elle entendait Yvan qui hurlait, elle tourna la tête et croisa son regard empli de colère. Elle vit qu'il était attaché et qu'il ne pouvait pas bouger. Les chaînes lui brûlaient les chairs. Sûrement avaient-elles été plongées dans de l'eau bénite.

Sverg l'allongea sur la grande table centrale, elle essaya de fuir, mais il la tenait fermement. Il lui écarta les jambes et la pénétra en un coup, ce qui fit hurler Amalia. Elle continua à river son regard sur son amour et ne pensa plus. Elle se noya dans ses yeux. Il lui disait qu'il l'aimait puis tout à coup, un homme vint derrière Yvan et le décapita, ce qui brisa Amalia aussi.

Malgré les assauts de Sverg, elle ne ressentait plus rien. Ne voyant plus aucun plaisir à violer cette femme qui ne criait plus, il finit par se soulager et la donna à ses gardes qui la pénétrèrent à tour de rôle et la mordirent.

Les assauts étaient tellement brutaux, les mots si crus et les coups si durs qu'Amalia mit son cerveau en mode veille et dès lors plus rien ne l'atteignit. Elle était une poupée de chiffon entre leurs mains.

Lorsqu'elle se réveilla dans une petite pièce sale, il faisait encore nuit, ou il faisait de nouveau nuit. Amalia ne savait pas trop depuis combien de temps elle se trouvait là. Elle était nue et était à même le sol. Elle était glacée et grelottait. Chaque partie de son corps n'était que souffrance, pas un centimètre n'avait été épargné par ces salopards. Elle essaya de se lever, mais son corps était beaucoup trop douloureux. Elle n'arriva pas à bouger. Mais elle prit sur elle et essaya d'avancer en rampant vers la porte.

La porte s'ouvrit doucement, son cœur s'accéléra, la peur l'envahit. Un homme se tenait dans l'embrasure de la porte. Elle ne le connaissait pas, elle savait que c'était un vampire.

Amalia frissonna encore plus. Il venait sûrement pour l'achever et après tout tant pis, ce serait une délivrance. Jamais son corps et son esprit ne pourraient revivre une autre journée comme celle d'hier.

– Monsieur, elle est là.

Un homme de haute stature, vampire de son état, entra dans la salle.

– Mon Dieu, qu'est-ce qu'ils t'ont fait ?

Il s'approcha d'Amalia qui recula comme elle put malgré la douleur.

– Amalia, n'aie pas peur, c'est Marcus. Est-ce que tu te souviens de moi ? Je suis ton ami, je suis venu te sortir de là. Tu te souviens de Stephen, un de mes gardes vampiriques ?

Sur ces mots, il ôta son long manteau, s'approcha d'Amalia et l'enveloppa dedans avant de la prendre délicatement dans ses bras. Le corps d'Amalia n'étant que souffrance, chaque mouvement la fit crier.

L'homme mit une main sur sa bouche.

– Chut, je sais que tu souffres, mais si nous voulons sortir de là en vitesse, il ne faut pas faire de bruit.

Amalia hocha la tête.

– Allez Stephen, on file.

Ils se déplacèrent vite et furent rapidement dehors. C'est une fois à l'abri dans la voiture et toujours dans les bras de Marcus qui les emmenait loin de toutes ces horreurs qu'Amalia s'évanouit sous la douleur.

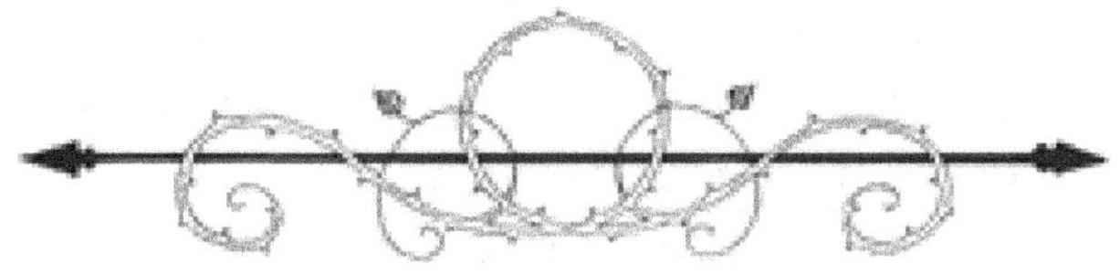

Chapitre 7
Convalescence

– Maître, elle se réveille.

Marcus se précipita vers Amalia et voulut lui prendre la main. Mais, sa gouvernante Élisabeth l'en empêcha.

– Maître, elle a subi ce qu'il y a de pire pour une femme en plus d'avoir été battue. Si elle n'avait pas été une dampire, elle serait morte.

Son corps n'a même pas encore récupéré alors que cela fait trois jours que vous l'avez ramenée. Vous avez vu son corps et les sévices qu'elle a subis.

Mon Dieu, je n'ose même pas penser à tout ça. Je suis en colère et je tuerai tous ceux qui lui ont fait cela et surtout ce Sverg.

– Ne t'inquiète pas, nous allons lui régler son compte et venger nos amis.

– Mais c'est moi qui tuerai ce salopard de Sverg.

– Amalia ma belle, tu es réveillée. Comment te sens-tu ?

– Oh Marcus, Yvan est mort sous mes yeux.

Elle se mit à pleurer. Marcus lui prit la main, car il avait peur de lui faire mal en la prenant dans ses bras.

– Amalia, nous allons le venger, je te le promets. Un tel acte ne peut rester impuni. Nous te vengerons de tes agresseurs. – Je tuerai tous ceux qui m'ont touchée et je finirai par Sverg.

– Ne t'inquiète pas, nous nous en chargeons.

– NON, je veux m'en occuper moi-même. Je n'ai besoin de personne. Je suis une dampire et il est temps que cet état me serve.

– Il est mort, cela ne le ramènera pas.

– Parce que tu crois que je ne le sais pas ? Je l'ai vu se faire décapiter. Il est mort devant moi et je n'ai pas pu l'aider. Alors, arrête tes conneries et arrête de me prendre pour une petite fille fragile. Cet enfoiré a tué mon premier mari Marc et maintenant, il a tué l'amour de ma vie, mon âme sœur. Je suis à un moment de ma vie où j'en ai assez d'être une victime. Tout ce que je veux, c'est me venger.

La femme que j'étais est morte, maintenant je ne suis plus la gentille Amalia. Mon cœur est empli de haine et plus je pense aux personnes qui sont restées là-bas, plus j'ai envie de vomir, car elles ne méritent pas de vivre une seconde de plus.

-Tu crois que je ne sais pas qu'il veut s'emparer du territoire d'Yvan. Si ce n'est pas déjà fait, il va tout faire pour pénétrer au château et en prendre le contrôle. Oh mon Dieu, j'espère qu'il n'est pas chez moi, car sinon les gens de mon château vont devoir vivre avec ce tyran.

Donc, plus vite je serai remise sur pied, plus vite je pourrai aider nos gens.

– Ne t'inquiète pas pour tes gens et ton château, j'ai fait envoyer des hommes là-bas avant que Sverg n'y arrive. À l'heure actuelle, il il n'a pas encore tenté de prendre le pouvoir mais il réclame son dû, il a fait une demande auprès du conseil pour une audience.

-Nous lui avons répondu que tant que tu étais en vie, ce château et le territoire t'appartenaient.

Donc, tu ne peux pas mettre ta vie en péril sans mettre en danger la vie de tes gens.

– Je suis leur maîtresse maintenant et je ne peux me dérober à mes obligations.

– Tout ce que tu vas gagner est la mort ou pire d'être prise et de revivre cette torture. Es-tu prête à revivre cette horreur ?

– Je sais, si je rate ma mission alors je me suiciderai. Je suis prête à mourir. Donc, soit tu m'aides et j'ai une chance de m'en sortir, soit je pars et j'essaierai de tuer Sverg en premier afin de ne pas mourir pour rien. Toi, qu'est-ce que tu aurais fait ?

Marcus émit un grognement.

– Tu le feras, n'est-ce pas ?

Amalia releva le menton.

– Oui, je le ferai.

– Alors, mange et soigne-toi correctement.

Marcus partit en claquant la porte.

– Eh bien, ma petite, tu as un sacré caractère. C'est bien. Avant de te donner les soins et de te laver, je vais te chercher ton repas, tu as besoin de reprendre des forces.

Elysabeth sortit de la chambre et, dès que la porte se referma, Amalia s'effondra. Elle se mit à pleurer. Son corps, son cœur lui faisaient tellement mal. Devant tout le monde, elle essayait de donner le change alors que son cœur et son corps étaient un énorme champ de désolation. Elle aurait préféré se terrer au fond de son lit afin de guérir en douceur, pleurer toutes les larmes de son corps, mais aussi pouvoir s'apitoyer sur son sort. BREF, être une femme normale.

Elle regarda son entrejambe. Il la faisait tellement souffrir. Son sexe était une plaie ouverte. Et pourtant, elle savait qu'elle cicatrisait vite.

– Ne regarde pas ton corps, ma petite. Je vais m'occuper de tes soins tout à l'heure.

Amalia regarda Elysabeth et essuya ses larmes.

– Cela ne sert à rien de t'apitoyer sur ton sort et ne me dis pas que je ne sais pas ce que tu ressens, car malheureusement, je le sais.

J'ai subi bien pire que toi et lorsque le maître m'a trouvée et sauvée de tout ça, j'étais presque mourante. Si tu veux tout savoir. J'ai été vendue par mon père alors que j'avais quinze ans et j'ai été mise dans une maison close où j'ai subi tout ce que l'on peut subir dans ce genre d'endroit. Je te parle d'une maison close qui n'a pas pignon sur rue. Où les gens sont prêts à débourser des fortunes pour avoir tout ce qu'ils veulent et assouvir leur passion perverse.

Encore aujourd'hui, j'en garde des séquelles physiques, des brûlures de cigarettes, des coupures que l'on m'a faites au couteau.

Alors oui, je peux te dire que je sais ce que tu ressens et que l'apitoiement ne mène à rien.
Maintenant, ma petite, tu vas manger et ensuite je m'occuperai de toi. Tu es une dampire, tu seras vite remise sur pied physiquement.

Pour ce qui est du psychisme. Je pense que tu as raison, la vengeance est bonne pour nous.

Je me suis vengée de plusieurs personnes qui m'avaient fait du mal et je peux te dire que cela apaise l'âme. Je sais, c'est paradoxal, mais cela a été ainsi pour moi.

– Merci Elysabeth.

– Pourquoi ?

– De t'être confiée à moi. Je pense que cela n'a pas dû être facile. Et je vais essayer d'être aussi forte que toi. Je pense comme toi que la vengeance me fera du bien.

Je vais reprendre des forces et dès que je serai guérie, j'irai tuer tous ces salopards. Ils vont regretter d'avoir croisé ma route et d'avoir tué l'amour de ma vie.

Sur ces mots, elle prit le plateau et se mit à manger. Après un moment, elle demanda à Elysabeth de l'aider à aller aux toilettes.

– Je ferai tes soins tout de suite après.

Elle sortit des toilettes, tremblante et en sueur. Elle souffrait beaucoup. Elle tenait à peine sur ses jambes et se tenait au chambranle de la porte des toilettes.

Elysabeth se précipita et la soutint. Elle l'aida à se mettre au lit. Les soins durèrent plus d'une heure.

Elle entoura certaines blessures d'une ou plusieurs compresses stériles qu'elle fit tenir par une bande pas trop serrée après les avoir désinfectées.

À l'aide d'un linge propre mouillé et essoré d'eau et de savon, elle nettoya le corps d'Amalia.

Elle l'aida ensuite à mettre une chemise de nuit propre et une culotte afin d'éviter les infections.

– Voilà, maintenant tu vas te reposer et je viendrai te revoir tout à l'heure pour renouveler les soins et t'apporter ton repas.

Demain, je te ferai un shampooing et nous irons faire un petit tour dehors. L'air frais et un peu de soleil te feront du bien.

Épuisée par tous ces efforts, Amalia s'endormit rapidement. Au cours de la nuit, elle commença à s'agiter, des brides d'images apparaissaient çà et là avant de devenir un cauchemar dans lequel elle voyait mourir Yvan. Cela la réveilla dans un sursaut en criant le nom d'Yvan.

Marcus se précipita dans la chambre en entendant les cris d'Amalia. Il la prit dans ses bras et lui caressa les cheveux.

– C'est fini, tu es en sécurité ici.

Amalia finit par se calmer. Son cœur reprit un cours normal. Elle se rallongea sur le lit et Marcus la laissa faire.

– Désolée, j'ai dû te faire peur.

– Ce n'est rien Amalia. J'ai réfléchi à ton envie de te venger et j'ai décidé de t'aider et de venir avec toi. Yvan était mon meilleur ami, et ce, depuis quelques centaines d'années. Tu es aussi mon amie et si tu le veux bien, je voudrais t'accompagner.

– Oh, cela me touche. Je serai honorée de t'avoir à mes côtés. Je peux t'assurer que je ne serai pas un poids, j'ai beaucoup appris au cours de ces dernières années.

Sur ces paroles, Elysabeth entra dans la chambre avec un plateau qu'elle posa près d'Amalia.

– Je te laisse manger tranquillement et je viendrai faire tes soins et ta toilette tout à l'heure. Je vous vois tout à l'heure avant votre coucher, Maître.

– À tout à l'heure Elysabeth. Merci de prendre soin de notre Amalia.

Elysabeth hocha la tête avant de quitter la pièce.

– Attends, je vais te mettre correctement les coussins afin que tu puisses être à l'aise pour manger.

Il se pencha et l'aida à se redresser. Amalia mangea avec entrain. Il lui fallait reprendre des forces afin de pouvoir sortir d'ici et tuer cet enfoiré de Sverg.

Marcus était aux petits soins avec elle. Elle n'avait jamais pensé qu'il pouvait faire preuve d'autant de compassion. Lui, le guerrier aguerri. Il avait un premier abord beaucoup plus dur qu'Yvan. Mais, Amalia avait appris à le connaître et elle avait vu à quel point les personnes qui étaient à son service lui étaient dévouées.

Cela était un signe. Il traitait correctement et avec respect son personnel.

Les rares fois où elle l'avait vu avec des femmes, elle l'avait trouvé très patient avec certaines. Mais aucune ne restait. Elle ne savait pas si c'étaient les femmes qui partaient ou si c'était Marcus qui se lassait d'elle et arrêtait la relation. Lorsqu'elle eut fini de manger, Marcus débarrassa la table.

— Repose-toi bien, je t'envoie Elysabeth et lorsque tu seras en forme, nous étudierons une stratégie afin d'entrer dans le château de Sverg.

— Merci Marcus.

Il lui fit un baiser sur le front avant de partir. Lorsqu'Elysabeth revint, Amalia dormait. Elle attendit patiemment qu'elle se réveille.

Elle venait de sortir de son entretien avec Marcus. Ses mots résonnaient encore dans sa tête.

— Maître, vous savez que je suis une femme assez directe et là, il me faut vous dire que vous ne pouvez pas vous enticher de la petite.

Elle est fragile, elle a subi des choses effroyables et elle a besoin de se reconstruire. Elle a besoin d'un ami et non pas d'un nouvel amour.

Vous allez vous heurter à un mur. Ne me dites pas que je me trompe, car j'ai bien vu la manière dont vous la traitez et surtout comment vous la regardez.

Vous l'avez toujours regardée avec beaucoup d'admiration. Seulement, elle était la femme de votre meilleur ami et cela a été un frein.

Pour cela, je vous admire, car vous avez respecté votre ami et la femme de votre ami.

Ce n'est pas parce que je ne dis rien que je ne vois rien. Mais là, je ne peux pas me taire. Car vous, les hommes, n'êtes pas toujours patients et Amalia a besoin de beaucoup de temps.

Il faut qu'elle fasse son veuvage et il faut qu'elle apprenne à aimer de nouveau son corps et tente d'oublier les saloperies qu'on lui a fait subir.

— Je pense que tu as raison et il est vrai qu'Amalia m'a toujours attiré. Je lui laisserai le temps qu'il faut, les années qu'il faut, en espérant qu'elle voudra un jour de moi. Mais je suis un vampire et le temps est le bien le plus précieux que j'ai.

Elle avait raison, Marcus était fou amoureux de cette femme. Mais qui ne le serait pas ? Elle était belle et avait toujours été gentille avec tout le monde, quelle que soit sa position sociale et sa condition vampirique ou humaine. Une femme de cœur.

Amalia la sortit de sa rêverie. Sans plus tarder, elle commença à faire les soins.

— Parfait, tu cicatrises rapidement. Je pense que demain, tu seras de nouveau sur pied et tu seras guérie d'ici à la fin de la semaine.

Mais en attendant, tu as besoin de repos. Le sommeil et le sang permettent aux vampires de se régénérer plus rapidement. Donc, je suppose qu'il en est de même pour les dampires, sauf que tu manges la même nourriture que moi. Vous avez de la chance d'avoir des convalescences express.

Le lendemain se déroula doucement. Entre le repos et les soins.

– Amalia, nous allons sortir un peu et prendre l'air. Cela te fera du bien.

– Oh oui, quelle bonne idée !

– Est-ce que tu veux te changer ?

– Je rêve de mettre un pantalon. J'en ai assez d'être en chemise de nuit.

– Il y a des habits pour toi dans l'armoire. Le Maître les a achetés pour toi.

– Je me change et on y va. J'ai très envie de sortir.

– Ok, je t'attends.

C'est toute heureuse qu'elle se promena dans le grand jardin du château. Des gardes étaient proches d'elle. Elle regarda vers l'horizon et vit rapidement Nolween et Dimitri approcher. Ils étaient accompagnés de leurs nourrices de sang.

Elle se mit à courir vers eux, suivie de près par un de ses gardes du corps.

Elle se jeta dans les bras de Nolween et se mit à pleurer. Nolween pleura avec elle.

– Reçois toutes nos condoléances Amalia. Nolween et moi sommes venus te soutenir et t'apporter notre aide pour ta vengeance.

– Non, c'est bien trop dangereux.

– Nous ne te demandons pas ton accord. Avec ou sans toi, nous irons. Donc, autant que cela soit ensemble. Plus nous serons nombreux et plus nous aurons une chance de réussir.

– Et comment avez-vous su que je voulais tuer Sverg?

– Tu crois que je ne te connais pas. Tu es ma meilleure amie. Toi et moi sommes faites du même bois. Je sais que je tuerai quiconque fera du mal à mon homme.

Donc, en tant que meilleure amie, je me dois de t'accompagner.

– Et moi, en tant que mari de la meilleure amie, je dois aussi t'accompagner.

– Ok, je m'incline. Si cela continue, mon expédition solitaire va finir en voyage organisé pour VRP en goguette. Et puis, si je ne vous arrête pas tous, vous allez me faire du *all exclusive.*

Nolween pouffa de rire.

– Contente de retrouver mon Amalia. J'avais peur que tout cela t'ait trop changée.

– Nolween, je suis brisée. Mais pour l'instant, je ne peux pas me laisser aller. Lorsque j'aurai tué ce salopard alors je laisserai la tristesse couler sur moi.

– Tu sais que nous serons toujours là pour toi. La mort d'Yvan nous a beaucoup touchés et nous sommes comme toi. Nous laisserons notre tristesse nous submerger plus tard.

Bon, tu nous fais visiter cette demeure. Elle a l'air sympa.

– Sympa, tu en as de ces mots. C'est un château. Il est fabuleux. Il paraît qu'il y a un fantôme, mais je ne l'ai jamais vu. Venez, je vais vous faire visiter.

Elle les installa avec l'aide d'Elysabeth dans une chambre près de la sienne. Ils passèrent une soirée plaisante et pour la première fois depuis longtemps, Amalia ria aux blagues de Nolween.

Marcus participait lui aussi avec enthousiasme aux discussions. Il était satisfait de voir Amalia sourire et rire même si un voile de tristesse passait dans ses yeux de temps en temps.

Mais dès que cela lui arrivait, Nolween lui remémorait une de leurs soirées entre filles. Une anecdote rigolote de leur vie. Elle voulait que son amie passe une agréable soirée et oublie l'espace d'un moment son chagrin et sa vengeance.

Amalia mangea avec beaucoup d'appétit, ce qui fit plaisir à Elysabeth. Elle avait demandé à Nolween quels étaient les plats qu'Amalia aimait manger lorsqu'elles faisaient des soirées filles. Depuis l'entrée, des fruits de mer. Un pavé de bœuf avec des pommes de terre sautées et de la salade, suivi par une glace au chocolat avec de la sauce chocolat chaude et de la chantilly maison.

C'est détendue qu'elle alla se coucher..

Amalia se remettait bien de ses blessures physiques. Elle recommença à faire du sport. Course à pied surtout afin de se remuscler un peu, car toute cette période de repos l'avait un peu affaiblie.

Elle était apaisée et courait avec plaisir. En revenant au château, elle vit Marcus qui l'attendait.

— Tu m'as l'air en pleine forme et Elysabeth m'a dit que tu étais guérie.

— Oui, je me sens bien. Je reprends des forces afin de pouvoir partir le plus rapidement possible.

— Tu as raison, le plus tôt sera le mieux. Sverg a obtenu une audition avec le conseil. Il a rendez-vous dans un mois. Nous ne pouvons pas repousser indéfiniment son audience.

Pour l'instant, nous jouons son jeu afin de ne pas éveiller ses soupçons.

Bien évidemment, nous allons entrer en action bien avant cela et cette audience n'aura jamais lieu. En attendant, nous allons préparer notre petite escapade. Qu'en penses-tu, ma chère ?

— Je dis que vous êtes diabolique, mon cher. Allons-y. J'ai hâte de voir ce que nous allons faire.

Arrivée dans la grande salle, elle fut impressionnée de voir accrochée sur le mur une carte du château de Sverg.

— Bon, alors je vais vous dire tout ce dont je me souviens. Et j'ai fait infiltrer le château par un homme de confiance afin qu'il puisse nous donner des infos supplémentaires.

Alors, Sverg a fait installer une alarme et engagé beaucoup plus de gardes. Il a peur de se faire attaquer et j'en ai profité pour envoyer un des miens qu'il ne connaît pas.

Pour ce qui concerne l'alarme, ce n'est pas un problème. Mon homme de main va la désactiver pour nous et va s'occuper des gardes humains. Il va mettre une sorte de somnifère dans leur nourriture et lorsqu'ils iront se coucher, ils ne se réveilleront pas même si le château s'écroulait sur eux. Cela nous fera cinquante pour cent de gardes en moins.

Alors, la chambre de Sverg se situe ici et il a aussi une *panic room*. Qui est une pièce où les personnes se réfugient en cas d'intrusion d'individus menaçants. C'est une pièce de sûreté, pièce de survie. Elle est pare-balles.

Mais nous allons prendre un informaticien de génie qui va nous ouvrir cette *panic room* car je suis sûr que ce lâche va s'enfermer dès qu'il verra qu'il est en danger.

Mais on va le traquer et le sortir de là.

– Je suis impressionnée par ton sens de l'organisation. Lorsque je te dis que tu es diabolique, je suis loin du compte. Par contre, c'est moi qui le décapiterai.

– Oui, je te laisserai l'honneur de le tuer.

– Bon, voyons ces plans. Il me faut les apprendre par cœur afin de pouvoir me déplacer avec aisance. Je n'ai pas non plus envie que l'on me prenne à revers.

– On ne te prendra pas par surprise, car j'ai bien l'intention de te coller à la peau. Je ne te lâcherai pas d'une semelle.

Et ce n'est pas négociable. J'ai déjà perdu mon meilleur ami et je ne supporterai pas de te perdre. Tu es mon amie aussi et nous nous connaissons maintenant depuis plus de soixante ans. Donc, je te le dis encore une fois, je te suivrai comme ton ombre.

Amalia le regarda et hocha la tête. Elle était fière et avait soif de vengeance, mais elle n'était pas suicidaire.

Ils parlèrent toute la nuit avec Nolween et Dimitri. Avant d'aller se coucher, Amalia appela Sergei afin de prendre des nouvelles du château. Elle ne lui parla pas de leur préparation.

Au contraire, elle lui dit qu'elle avait encore besoin de temps afin de récupérer, car elle avait peur que le château soit sur écoute téléphonique ou qu'une personne du château ne les trahisse.

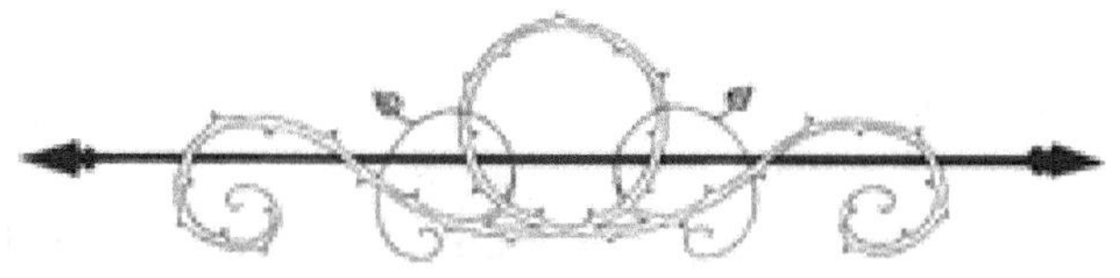

Chapitre 8
Vengeance

Ils partirent deux jours plus tard pour les terres russes. Amalia avait le sens de la mise en scène. Elle avait revêtu une cape noire vaporeuse. Dessous, elle avait mis pour plus d'aisance une combinaison en cuir noir qui épousait ses formes. Une paire de bottes militaires en cuir noir aussi. Elle avait tressé ses longs cheveux.

Elle se mit à genoux sur les pierres qui se trouvaient non loin du château de Sverg.

Elle leva sa dague et de la main gauche s'entailla la main droite afin de faire couler le sang.

– Je jure que je ne quitterai pas cette terre avant d'avoir accompli ma vengeance. Tu vois, mon amour, tu m'as appris à ne jamais rien lâcher et ce soir est notre soir.

Qu'importe si je rentre en vie ou non. Le principal est que que j'accomplisse ma vengeance fin de pouvoir vivre sans ce poids sur mon cœur. Je n'ai pas réussi à te sauver, mais je vais pouvoir te venger.

Elle se retourna vers Marcus et, tout en le rejoignant, ôta sa cape qu'elle laissa tomber par terre.

– Si je meurs ce soir, je te demande de t'occuper de mon

château et de mes gens.

— Tu ne vas pas mourir ce soir. Je serai près de toi.

— Promets-moi de prendre soin de mes gens, s'il te plaît.

Marcus était un peu énervé par cette demande, il resta impassible. Il ne pouvait concevoir une seule seconde de la perdre.

— Ok, si cela peut te rassurer, je te promets.

— Je suis prête. Tu n'as pas changé d'avis ?

— Tu rigoles, tu voudrais m'empêcher d'aller m'amuser un peu.

Il lui tendit une épée. Amalia la reconnut tout de suite. C'était l'épée d'Yvan. Amalia fut surprise et heureuse que Marcus ait pensé à récupérer l'épée de son bien-aimé. Il y tenait tellement. C'est son père Angélo qui lui avait offert peu de temps après son changement.

— Oh merci Marcus. Rien ne pouvait me faire plus plaisir. Décapiter cet enfoiré avec l'épée d'Yvan. C'est comme si c'était Yvan qui se vengeait aussi.

Marcus la prit dans ses bras. Il l'étreignit fort. Il avait besoin de la sentir, mais aussi de lui prouver qu'il était là pour elle. Ils partirent rejoindre Nolween et Dimitri qui les attendaient plus loin.

Ils montèrent la colline et là, ils virent Richard le Français, Siegfried l'Allemand, Pablo l'Espagnol portugais Giovanni l'Italien, Amadeus le Suisse, Philippe le Belge, Alexei des pays de l'Est et Adela sa grande amie des pays du froid et plusieurs dizaines de guerriers vampires et humains des différents clans étaient derrière chaque chef de clan avec Nolween et Dimitri à leur côté bien sûr.

Amalia s'arrêta net, elle était stupéfaite de les voir tous là. Marcus se mit à côté d'elle.

— Tu vois, tes amis sont fidèles. Ils sont là pour sauver l'honneur d'Yvan et pour montrer au monde vampirique que personne ne peut enfreindre les lois.

Des larmes coulèrent le long de ses joues.

— Merci d'être venus si nombreux, et de m'aider, mais sachez que si une personne doit tuer Sverg, c'est moi, quitte à y laisser ma vie.

— C'est normal, il était notre ami.

— Et puis, si nous ne le maîtrisons pas maintenant, qui sera le prochain ?

— Toujours aussi pragmatique et sans cœur, mon cher Seigfried. Je pense que les personnes vivant dans des pays froids comme moi sont dix fois plus chaleureuses que toi.

— Bon, vous vous chamaillerez plus tard. Une petite bagarre nous attend. Je viens d'avoir des nouvelles de mon informateur et il vient d'ouvrir la grande porte. Alors, on fonce.

Ils passèrent tous en mode rapide, emportèrent avec eux les guerriers humains. Ils arrivèrent en moins de temps qu'il n'en faut pour le dire aux portes du château.

Les guerriers passèrent en premier, suivis de près par Amalia et les maîtres vampires.

Ils arrivèrent dans une très grande entrée avec sur la droite une double porte qui donnait sur la grande salle. Face à eux, il y avait un escalier monumental.

Ils pénétrèrent doucement et tuèrent le plus silencieusement possible ceux qu'ils croisèrent avant que ceux-ci ne puissent donner l'alerte.

Se faufilant et s'éparpillant sur tout le rez-de-chaussée, Amalia partit en direction de l'escalier qui menait à l'étage. Elle tua plusieurs guerriers. Marcus surveillait ses arrières et Nolween et Dimitri étaient sur sa droite. Alors que deux autres guerriers de Marcus étaient sur sa gauche.

Puis tout s'accéléra, l'alerte fut donnée et ils déboulèrent de tous côtés, protégeant la grande porte. La chambre de Sverg.

Amalia poignarda et décapita à tour de bras. Aidés de Marcus et des autres guerriers, ils progressaient doucement, mais sûrement.

Alertée par des cris, Amalia tourna la tête vers la droite, elle vit un de leurs gardes humains se faire arracher la gorge par un vampire.

Le vampire s'acharnait à mordre de plus en plus fort ce pauvre homme. Amalia courut vers ce vampire, l'épée à la main. Il ne put éviter la lame acérée de l'épée d'Amalia

Elle le décapita sans sommation. Elle se tourna vers l'humain. Il souffrait beaucoup et demanda à Amalia de l'achever.

Elle s'agenouilla près de lui, lui fit un sourire et caressa sa joue encore intacte. Puis, sans le quitter des yeux, elle lui dit qu'elle prendrait soin des siens. Elle scella sa promesse en lui enfonçant sa dague dans le cœur. L'homme mourut sur le coup.

Marcus qui surveillait ses arrières la releva rapidement, elle n'avait pas le temps de faire son deuil.

— Nous avons un combat à finir, alors reprends-toi.

Amalia hocha la tête, retira sa dague du pauvre homme, jeta un dernier coup d'œil au corps qui était à ses pieds. Elle regarda aussi le vampire décapité et une colère telle monta en elle. Elle se retourna vers les autres vampires de Sverg. Elle repartit se jeter dans la bataille. Elle brandissait son épée avec vigueur et continua le carnage qu'elle avait commencé, décapitant, embrochant à tour de rôle tous les vampires ennemis qu'elle voyait. Marcus et toute l'équipe de guerriers qui étaient à ses côtés n'étaient pas en reste.

Après une heure d'une lutte acharnée, tous les guerriers de Sverg furent soit tués, soit maîtrisés. Ils arrivèrent enfin à la fameuse porte.

Deux guerriers l'ouvrirent doucement et se plaquèrent contre les murs. Ils étaient des guerriers aguerris, connaissaient les techniques de combat et savaient comment entrer dans une pièce sans se faire tuer.
Après avoir repéré brièvement la pièce, ils donnèrent l'assaut. Ils tuèrent les deux gardes qui étaient dans la pièce. Amalia, Marcus et plusieurs autres gardes envahirent la chambre. Ils repérèrent rapidement la *panic room*.

– Alors Sverg, on se cache et on se terre comme une petite souris. Tu fais moins le malin.

Bon, ce qui est sûr, c'est que tu es un froussard lorsque tu es tout seul. Tu es un pas grand-chose, un moins que rien.

Yvan ne se serait jamais caché. Nous n'avons pas de *panic room* chez nous, car nous n'en avons pas besoin.

Alors, soit tu sors et tu m'affrontes, soit je fais venir une personne qui va ouvrir ta boîte à sardines et je te tuerai sans te donner la chance de t'en sortir.

– Si je t'affronte et que je gagne, tes amis vont me tuer.

– Alors, si cela peut te rassurer et te faire sortir. Si tu me bats, tu pourras quitter ton château vivant, mais seul.

– Ta parole ne me suffit pas, elle ne vaut rien. Il me faut la parole d'un maître vampire et non pas d'une simple dampire.

– Tu as ma parole, Sverg.

– Marcus, cela ne m'étonne pas que tu sois là. Bon, je vais sortir et tuer cette petite salope. J'aurais dû la tuer tout de suite la dernière fois. Car côté sexe, elle était nulle. Ce n'est pas une affaire.

Marcus voulut réagir, mais Amalia l'en empêcha. Elle lui fit signe de la tête « non ».

Marcus était très tendu, car cela ne lui plaisait pas de voir Amalia affronter Sverg, car il était très puissant et il savait qu'Amalia allait mourir. Personne n'avait à ce jour réussi à le battre.

Mais allait-elle pouvoir vivre si elle le laissait partir comme cela ? Elle ne trouverait pas le repos avant de l'avoir tué.

Sa douleur psychique était déjà très profonde. Une épreuve comme celle-ci allait l'achever et elle n'aurait de cesse de le traquer. Et elle finira par se faire tuer sournoisement comme Yvan.

Donc, autant le faire maintenant même si cela devait lui briser le cœur.

Il n'eut pas le temps de réfléchir plus longtemps, car la porte de la *panic room* s'ouvrit et Sverg en sortit armé de son épée.

Il déchanta lorsqu'il vit Amalia, car elle était couverte de sang ainsi que son épée. Mais il se ressaisit vite.

– Tu es prête à mourir, femelle ?

Amalia ne répondit pas et se mit en position de combat. Sverg, sûr de lui, lança le premier assaut. Son coup fut très puissant. Amalia le para comme elle put. Mais la force de son adversaire la projeta à terre.

Sverg se jeta sur elle et tenta de la couper en deux, mais elle roula sur le côté et, en un coup de reins, se remit sur pied.

Elle passa en mode rapide et l'attaqua. Il n'eut pas le temps de retirer son épée qui s'était encastrée dans le sol.

Elle lui asséna un coup dans le ventre. Cette blessure lui fit lâcher son épée et il s'écroula.

Tout à coup, l'atmosphère devint électrique. Amalia avait le visage fermé et ses yeux étaient emplis de colère, tout son corps était tendu. Elle s'avança et commença à le pousser sans le toucher. Sa haine était si forte qu'un don de pulsion venait de se déclencher.

Sverg ne pouvait plus bouger, car elle continua à le pousser et elle le projeta contre un mur puis deux, avant de le faire sortir de la chambre. Elle le projeta ensuite dans l'escalier.

Sverg n'était plus qu'un pantin entre les mains d'Amalia. Tout le monde s'écarta afin de les laisser passer.

Ils étaient tous stupéfaits par cette soudaine montée de pouvoir. Surtout venant d'une dampire car ils n'avaient jamais vu un dampire avoir des pouvoirs. Elle l'amena jusqu'à la salle principale. Elle le déposa à l'endroit où Yvan avait été assassiné.

– Où as-tu mis le corps d'Yvan ?

– Je l'ai fait jeter dehors en plein soleil. Il est donc en cendre. Tu n'es pas sans savoir que plus les vampires sont âgés et plus la décomposition est rapide. Ce fut un plaisir de le voir s'éparpiller dans le vent.

– Alors, tu subiras le même sort. Tu n'auras pas de tombe et dans quelques années tout le monde aura oublié ton nom.

Sverg était à genoux et souriait.

– Tu n'auras jamais le cran de le faire. Donc, si tu veux, on peut reprendre où l'on s'est arrêtés la dernière fois. Tu es pas mal et je suis sûr que cela t'a plu.

Il regarda la grande table en souriant. Amalia lui sourit en retour, mais son sourire était dur et ses yeux pleins de haine. Elle se mit à rire. Elle faisait peur à voir, Marcus avait peur que son psychisme ne flanche et qu'elle ne devienne folle après toute cette tuerie. Mais Amalia était concentrée sur Sverg. Elle ne regardait que lui.

– Quand je pense que maintenant ton château et tes terres m'appartiennent juste parce que tu n'as pas réussi à mettre ta haine et ta jalousie de côté.

Il a fallu que tu finisses par t'en prendre à Yvan après tout ce temps. Tu as oublié qu'il t'avait beaucoup aidé lorsque tu as été transformé. Alors, pourquoi as-tu fait cela ?

– Tu me demandes pourquoi ? Il a toujours été le favori de notre père. Il a eu les terres que je voulais. Et lorsque tu es apparue dans sa vie et que je l'ai vu si heureux, je n'ai plus supporté cela. Pourquoi lui, pourquoi pas moi ?

Cela peut te paraître très puéril, mais lorsque tu passes mille ans à voir la vie que tu aurais voulu vivre vécue par un autre, alors la haine prend le dessus.

– Tu as risqué ta vie, la vie de tes hommes par jalousie.

Mais tu aurais aussi pu avoir une belle vie auprès d'une femme qui t'aurait aimé. Mais seulement, tu ne sais pas aimer et tu ne connais que la violence. Comment une femme aurait-elle pu rester près de toi ?

On a la vie que l'on veut avoir et ce quel que soit l'endroit où l'on vit.

Même si tu avais eu les terres d'Yvan, tu n'aurais pas été plus heureux. Il y a en toi une cassure si profonde qu'elle t'a engloutie corps et âme.

– Qu'est-ce que tu sais de ma vie et qu'est-ce que tu sais de ce que je ressens ?

Sur ces paroles, Sverg voulut se lever et se jeter sur Amalia. Elle ne lui en laissa pas le temps et abattit son épée sur lui en criant sa rage. Elle le décapita. Sa tête roula et son corps s'écroula.

Lorsqu'elle lança son épée sur le cou de Sverg, elle poussa un cri tel qu'il résonna dans la grande salle.

Elle se dirigea vers deux vampires de Sverg qu'elle avait reconnus, deux de ses agresseurs. Elle les décapita sans sommation.

Elle s'agenouilla et des larmes coulèrent doucement puis de plus en plus fort. Elle se releva et commença à casser toutes les photos et tout ce qui était en rapport avec Sverg. Le trône que ce mégalo pervers avait installé dans sa salle principale.

Elle s'attaqua à la grande table où Sverg l'avait prise de force. Amalia était prise d'une colère explosive.

Amalia continua encore et encore. Elle criait sa peine.

Marcus voulut l'arrêter et la consoler, mais Adela le retint.

— Elle a besoin de laisser sortir sa peine et de laisser couler sa colère. En tout cas, j'avais raison.

— Tu avais raison en quoi ?

— Amalia est bien la guerrière que j'avais sentie et même bien plus encore. Elle est très puissante. Pour une dampire, c'est assez rare.

— Oui, tu as raison. Elle est très puissante, mais je pense qu'elle ne s'en est pas aperçue, trop aveuglée et prise par sa vengeance. Cependant, il faut que nous pensions au grand nettoyage. Pendant que je ramènerai Amalia chez elle, vous vous occuperez des morts, vous mettrez les vampires morts dans la cour arrière demain matin dès que le soleil sera assez haut afin qu'ils disparaissent. Vous enterrerez les humains et nettoierez les traces de cette attaque.

— Il faut que nous restions discrets et que tout reprenne un aspect normal afin de ne pas attirer l'attention.

Ils restèrent en retrait et attendirent patiemment qu'Amalia finisse par se calmer.

Après avoir détruit une grande partie de la pièce. Épuisée, Amalia s'arrêta et se laissa tomber par terre. Marcus vint près d'elle et la prit dans ses bras. Elle se laissa faire. Elle ne pleurait pas, elle ne réagissait pas. Lorsqu'ils prirent la route pour rentrer au château d'Amalia, elle s'assoupit et dormit pendant le long voyage, blottie dans les bras de Marcus. Il la déposa sur la banquette afin qu'elle se repose le plus possible.

C'est tard dans la nuit qu'elle se réveilla lorsque Marcus voulut la reprendre dans ses bras afin de l'amener jusqu'à sa chambre. Elle le repoussa.

— Merci, Marcus, mais je vais mieux. Je vais marcher seule.

— Est-ce que je peux rester près de toi ? Yvan vient de

mourir et certains vont vouloir changer de maître et tu ne connais pas le protocole de départ, voire d'échange.

Amalia ne le savait pas et n'avait pas pensé un seul instant que quelqu'un puisse quitter le château. Elle accepta sa présence.

Il lui mit son épée dans la main.

– Tu ne peux pas rentrer sans être armée. Personne ne va t'agresser, mais il faut que tous voient que c'est toi qui as tenu cette épée et que c'est toi qui as vengé leur maître.

Lorsqu'elle entra accompagnée de Marcus, de Nolween et Dimitri, tout le monde se précipita et fut ébahi, même stupéfait de voir leur maîtresse si belle, toujours propre et bien habillée, être décoiffée, en tenue de combat avec son épée ensanglantée à la main. Elle-même était couverte de sang.

Elle tendit son épée à Sergei.

– Je te la confie. Nettoie-la et remets-la à sa place, s'il te plaît.

Sergei s'agenouilla en signe de dévouement, avant de prendre l'épée.

– Bien Maîtresse, bienvenue dans votre royaume. Je suis à votre service.

Tout le monde se mit à genoux en signe de respect, lui signifiant qu'ils resteraient auprès d'elle. Elle leur fit un signe de tête.

Elle regagna sa chambre, rassurée. Elle s'arrêta dans l'entrée. Son cœur s'étreignit. Sa main tremblait lorsqu'elle ouvrit la porte. Cela lui faisait bizarre de ne pas avoir Yvan près d'elle, de le voir dans cette chambre, dans leur chambre. Ce lieu empli de souvenirs de moments complices et d'amour.

Elle se dirigea vers la salle de bains. Une fois à l'intérieur, elle se déshabilla comme un robot et alla se doucher.

Elle dut rester longtemps sous l'eau chaude afin de pouvoir enlever tout ce sang. Elle prit tout son temps, son corps et son cœur étaient lourds.

Maintenant que tout était fini, elle se sentait vide.

Lorsqu'elle sortit de la salle de bains. Elle se dirigea vers Marcus.

— Marcus, j'ai besoin de savoir. Pourquoi mon don de pulsion ne s'est pas déclenché avant qu'Yvan ne meure ?

J'ai besoin de savoir si j'aurais pu le sauver. Est-ce que c'est moi qui ai un problème ?

— Amalia, personne ne sait pourquoi et quand un don va s'éveiller. Il y a des éléments déclencheurs comme ta fureur.

Le jour où Yvan est mort, tu étais apeurée et les violences que tu as endurées ont cassé ton esprit. Lorsque l'on subit des événements tellement violents, tellement durs, notre esprit se met en mode veille et je pense que c'est ce qui s'est passé. C'est ce qui t'a sauvée, préservée de la folie.

Donc, ton don n'a pas réussi à sortir.

— Oui, c'est ce que s'est passé. Je me suis déconnectée de la réalité lorsqu'Yvan est mort. Si j'avais été plus forte, j'aurais pu le sauver dès le début.

— Amalia, tu n'avais jamais été confrontée à une telle violence et il l'a tué si rapidement après votre arrivée que tu n'as pas eu le temps de te préparer.

— Yvan s'est battu jusqu'au bout et moi je me suis battue

comme j'ai pu. J'en ai frappé quelques-uns, mais si j'avais eu ce don avant. J'aurais pu nous sauver.

– Ils étaient nombreux, tu as vu le nombre de personnes qu'il a fallu ce soir pour maîtriser tous ces guerriers et pourtant les soldats humains dormaient.

Alors, même avec ton don, tu n'aurais pas pu changer les choses. Tu aurais juste pu retarder l'inévitable. Alors, arrête de te torturer.

– Oui, tu as sûrement raison. Qu'est-ce que je vais faire avec le château et le territoire de Sverg ?

– Comme tu as tué le maître de ces lieux, son territoire te revient.

– Je ne me sens pour l'instant pas capable de m'occuper d'un deuxième territoire. J'ai besoin de me reconstruire et je ne pourrai jamais revenir dans un endroit où j'ai connu tant de malheur.

– Je comprends, tu peux le céder à la personne de ton choix.

– Ce territoire t'intéresse-t-il ?

– Non merci, mon petit territoire me convient amplement.

– Que penses-tu de Sergei ?

– Il n'est pas un maître vampire donc il ne peut pas prétendre à ce territoire. Je pense que tu peux le proposer aux différents clans et ils l'attribueront par vote.

– Faisons cela.

– Oui, c'est une bonne idée. Allez, maintenant au lit.

– Tu restes quelques jours, s'il te plaît.

– Bien sûr, Amalia, je vais rejoindre ma chambre. Le

jour approche. On se voit demain soir.

Il la conduisit jusqu'à son lit. Il la borda et lui fit un baiser sur la joue.

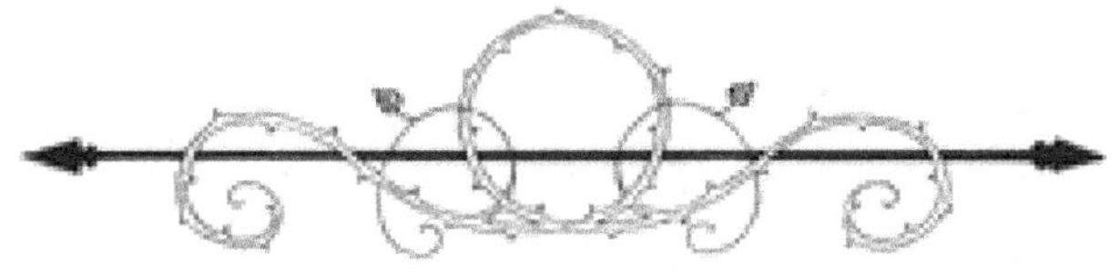

Chapitre 9
Revanche

À son réveil, Amalia se sentait épuisée, vidée de toute son énergie. Comme si toute la douleur et le poids qui pesaient sur son cœur venaient d'exploser.

Elle essaya de se ressaisir et décida de prendre une douche. Elle pensait que l'eau lui ferait le plus grand bien.

Mais après sa douche, elle s'enveloppa dans un drap de bain et c'est lorsqu'elle se regarda dans la glace que le chagrin la submergea.

Depuis la mort d'Yvan, elle n'avait pas eu le temps de faire son deuil entre sa convalescence, la préparation de l'assaut et son combat avec Sverg.

Elle avait tellement été prise et n'avait pensé qu'à sa vengeance. Elle avait emprisonné son cœur et sa peine dans une bulle qui venait d'exploser et tout remonta à la surface à une vitesse telle qu'elle n'eut pas le temps de se ressaisir et les larmes se mirent à couler encore et encore.

Marcus la trouva dans la salle de bains recroquevillée sur elle-même, pleurant et tremblant comme prise d'une crise.

Il s'assit à côté d'elle, la prit dans ses bras. Il la serra fort tout en lui caressant les cheveux. Il se balança et lui parla doucement afin de la calmer.

C'est dans cette position que Nolween et Dimitri les trouvèrent.

Marcus leur fit signe de se taire. Ils comprirent qu'Amalia avait besoin de se calmer et restèrent en retrait.

Plus d'une heure passa avant qu'Amalia ne commence à se calmer. Elle revint peu à peu à elle. Sa crise était passée. Elle regarda Marcus un peu perdue.

– Qu'est-ce que nous faisons par terre ?

– Ce n'est rien, lorsque je suis arrivé, tu étais à terre et tu pleurais tellement que je t'ai prise dans mes bras afin de te calmer.

– Comment te sens-tu, Amalia ?

– Je ne sais pas, aide-moi à me relever, s'il te plaît.

Nolween se précipita afin d'aider son amie en la soutenant afin d'aller jusqu'à son lit. Amalia s'allongea, s'enveloppa dans une couverture et regarda ses amis.

– Excusez-moi, je ne sais pas ce qui m'a pris et ce qui s'est passé.

– Tu n'as pas à t'excuser, après tout ce que tu as vécu c'est tout à fait normal. Avec Dimitri, on se demandait quand ~~est-ce que~~ tu allais craquer. Yvan était ton âme sœur, vous étiez en harmonie parfaite.

Maintenant que tout est fini et que la vengeance qui te faisait tenir est assouvie. Il fallait que tu évacues toute cette pression. Tu peux commencer à faire ton deuil.

Il vaut mieux que tu craques dans ta chambre plutôt qu'en public. Prends ton temps et repose-toi.

– Non, elle ne peut pas prendre son temps, en tout cas pas

aujourd'hui. Je sais que je suis dur, mais la vie de châtelaine, de maître vampire ou plutôt dans ton cas de maîtresse dampire, n'est pas facile.

Il faut que tu te présentes à tes gens afin de leur faire voir que tu es en forme et que tu peux assumer ta position et les protéger.

— Mais, elle est fatiguée. Tu ne peux pas lui demander cela.

— Nolween, Marcus a raison. Je vais me préparer. En attendant, allez voir tout le monde. Réunion dans une heure dans la grande salle.

Nolween voulut protester encore, mais Dimitri la prit par la main et l'emmena hors de la chambre. Elle se laissa faire, car jamais il ne lui avait manqué de respect et jamais il ne l'avait contredite.

— Comment vas-tu, Amalia ?

— Ça va plutôt bien vu les circonstances.

Elle se leva doucement et alla prendre dans son armoire des habits. Elle eut un pincement au cœur en voyant les affaires d'Yvan à côté des siennes. Mais, elle prit une grande inspiration et alla s'habiller dans la salle de bains.

À sa sortie, elle croisa le regard bienveillant et protecteur de Marcus.

— Tu es prête ?

— Autant que je puisse l'être.

— Quoi qu'il arrive, ne craque pas devant eux. Je serai près de toi au premier rang, car tu comprendras que je ne peux en aucun cas me trouver à tes côtés.

— Je comprends, ne t'inquiète pas. Parle-moi un peu du protocole de départ. Au cas où certaines personnes ne voudraient pas rester.

– Tu vas d'abord te proclamer comme maîtresse de ce domaine et demander quels sont ceux ou celles qui veulent quitter ton joug. Si des personnes veulent partir, alors tu leur diras « qu'il en soit ainsi » et idem si des personnes veulent rester et le disent ouvertement.

– Ok, allons-y.

Ils se rendirent à la salle où tout le monde les attendait. À son entrée, Sergei se leva et commença à l'applaudir, imité par Nolween et Dimitri puis par toute l'assemblée. Cela mit les larmes aux yeux d'Amalia, mais la main puissante de Marcus sur son épaule la ramena à son statut de maîtresse de ces lieux.

Marcus prit place aux côtés de Sergei et applaudit avec eux. Lorsque le calme revint, Amalia prit la parole.

– Bonsoir, je vous remercie d'être tous présents ce soir. J'ai été absente pendant plus d'un mois et je voulais vous remercier d'avoir tenu votre place pendant mon absence.

Je n'ai pas pu revenir près de vous lorsque mon bien-aimé Yvan est mort, mais sachez que toutes mes pensées étaient tournées vers vous.

Avant de revenir, il me fallait venger Yvan et en même temps tuer Sverg qui avait revendiqué mon territoire, mon château et vous par la même occasion.

Lors de la mort d'Yvan, j'ai été grièvement touchée. Il m'a fallu du temps pour me rétablir et j'ai œuvré jour et nuit afin de tuer Sverg et revenir le plus vite possible parmi vous.

Aujourd'hui, tout danger est écarté et j'ai tué Sverg de mes propres mains.

Il est maintenant temps pour vous de faire un choix. Soit

rester près de moi, la nouvelle maîtresse des lieux. Soit aller vers un autre maître.

Sachez que je vous apprécie tous et que si vous restez, je ferai tout ce qui est en mon pouvoir afin de vous assurer la même vie qu'avant. Ce qu'Yvan a mis en place fonctionne très bien. Je ne veux rien changer.

Maintenant, c'est à vous de vous prononcer. Si quelqu'un souhaite quitter mon château et ma protection, qu'il se lève et le fasse savoir.

Personne ne se leva.

– Alors qu'il en soit ainsi.

Sergei se leva et vint s'agenouiller devant Amalia.

– Je reste votre humble serviteur. Ma vie vous appartient.

– Qu'il en soit ainsi. Répondit Amalia.

Toute l'assemblée fit de même. S'agenouillant les uns après les autres. Prêtant allégeance à Amalia pendant deux heures. Amalia fit bonne figure et les accueillit tous avec le plus de respect et d'attention possible malgré son mal-être et sa fatigue.

– Merci à tous pour votre soutien, cela me touche au plus profond de mon cœur. Yvan serait fier et heureux de voir que vous êtes tous restés fidèles à son clan.

Il n'y aura pas de changement et l'ordre existant perdurera tant que je penserai que cela est bon pour tout le monde. Chacun gardera son poste.

Sergei restera le chef des gardes vampires et Nicolaï restera le chef des gardes humains. Il a fait un très bon travail depuis sa prise de poste après le changement de Dimitri en vampire.

Encore merci à tous.

Lorsqu'Amalia rejoignit sa chambre, elle était épuisée. Elle était accompagnée de Sergei, Nicolaï, Nolwenn, Dimitri et Marcus. Elle s'adressa à eux.

— Même si tout le monde a décidé de rester, je vous demanderai de prêter attention au moindre changement de comportement des personnes qui vivent ici. Vous les connaissez tous très bien. Je veux être sûre que tout le monde a bien intégré que je suis la nouvelle châtelaine et que désormais je suis leur maîtresse.

— Bien sûr, telle était notre intention.

Le téléphone de Sergei sonna. Il prit la communication.

— Amalia, plusieurs femmes humaines et vampiriques du clan de Sverg demandent une audience. Elles veulent entrer dans ton clan.

— Je suis surprise que des personnes de ce clan aient envie d'intégrer mon château, mais dis-leur que je les recevrai demain soir.

— Elles sont à la porte et ne savent pas où aller.

Amalia soupira, elle était très lasse.

— Ok, fais-les patienter dans la grande salle sous haute escorte. Dimitri, va me chercher mon épée. On ne sait jamais. Si elles sont venues venger leur maître, je ne veux pas prendre de risque.

Sergei la salua et s'éclipsa.

Amalia le rejoignit armée et suivie de près par ses plus proches alliés. Marcus la talonnait ~~de près~~. En arrivant dans la salle, elle vit trois femmes vampires et trois humaines.

— Mesdames, bonsoir. Exposez-moi votre requête. Une femme vampire s'avança.

— Madame, je m'appelle Natacha et voici mes amies

Inna et Antonina et nos nourrices de sang Anna, Sylvie et Valérianne. Nous faisions partie de la garde Sverg.

Nous demandons à intégrer votre clan, car nous savons que vous êtes honnête et juste. Vous ne nous avez pas tuées lorsque vous êtes venue exécuter notre maître alors que vous aviez le droit d'exterminer toutes les personnes présentes. Pourtant, vous ne l'avez pas fait.

— Où étiez-vous lorsque nous avons été capturés et que mon époux a été assassiné ?

— Nous, les femmes, n'avions le droit de participer à aucune attaque et n'étions jamais conviées à aucune réunion.

Nos tâches étaient de régenter le château et de nous occuper de l'administratif.

Aucune de nous n'avait le droit de prendre part aux batailles et même lorsque le chef de la garde nous a donné l'ordre de nous battre lors de votre attaque, nous n'avons pas bougé.

Je sais, vous pouvez vous dire que nous ne sommes pas fiables, mais rassurez-vous, si vous nous acceptez nous vous défendrons corps et âme.

— Qu'est-ce qui me dit que je peux vous faire confiance ?

Une humaine s'avança et ôta son tee-shirt. Elle était couverte de bleus et de morsures.

En voyant cela, Amalia se retint, car elle avait eu les mêmes ecchymoses et morsures après que Sverg et ses hommes s'étaient occupés d'elle.

— Nous savons ce que vous avez subi lorsque vous étiez

entre les mains de notre ancien maître, car nous avons vécu cela pendant plus de dix ans.

C'est aussi nous qui vous avons mis à l'abri après votre agression afin que vous puissiez récupérer et que les gardes vous laissent tranquille.

Le Maître avait décidé de vous éliminer le lendemain après avoir joué une dernière fois avec vous. Nous avons aussi détourné l'attention des gardes lorsque ce monsieur-là (en désignant Marcus) a franchi les portes du château.

Comment pensez-vous que vous ayez pu entrer et sortir aussi facilement de là ?

Si nos maîtresses n'ont pas attaqué alors qu'elles en avaient l'ordre, c'est parce qu'elles ont vu là une opportunité de nous sauver.

Pendant des années, elles nous ont protégées comme elles ont pu. Elles ont toujours été bonnes avec nous. Nous savons que vous traitez très bien vos gens. Nous voulons aussi une vie sans coups, sans viol et sans peur.

Alors, s'il vous plaît, aidez-nous.

– Avez-vous demandé asile ailleurs ?

– Non, nous voulons une maîtresse de préférence. Nous ne voulons plus de maître. Une maîtresse qui saura nous protéger. Adela est très forte aussi. Nous l'avons vue à l'œuvre, mais elle n'a pas autant de complicité et de compassion avec ses gardes que vous.

Amalia réfléchit un moment avant de prendre sa décision.

– Alors qu'il en soit ainsi. Soyez les bienvenus.

– Amalia, tu ne les connais pas et tu veux les accueillir ici ?

– N'oublie pas Nolween que je t'ai donné une chance il y a

bien longtemps.

Nolween ne dit mot et acquiesça.

– Alors qu'il en soit ainsi. Sergei, je te laisse les installer et leur parler du fonctionnement du château.

Amalia partit enfin se reposer, elle dormit plus de vingt-quatre heures. Lorsqu'elle se réveilla enfin, Marcus était près d'elle, assis dans un fauteuil. Il lui sourit.

-Comment te sens-tu ?

-Mieux, même si je ne me sens pas en très grande forme. Je pense qu'il me faudra du temps avant

de me remettre de toute cette folie et de tous ces morts et beaucoup de temps pour me remettre de la mort d'Yvan. Il me manque tellement.

Je sais, il me manque aussi. Sa mort va faire un grand vide dans notre vie. Demain, les maîtres vampires seront là afin de savoir qui aura le droit d'avoir le territoire de Sverg comme tu l'as souhaité. Bien sûr, tu peux toujours changer d'avis et garder ce territoire pour toi.

– Non, je ne souhaite pas du tout garder ce territoire.

Une réunion fut organisée avec tous les chefs de clans. Les maîtres des clans devaient se réunir afin de décider à qui irait ce territoire.

Ils saluèrent chaleureusement Amalia, la félicitèrent pour son magnifique combat contre Sverg et pour la naissance de son don. Bien qu'elle soit dampire, elle avait tous les pouvoirs d'une vampire.

– Comme je t'envie ma chère Amalia, j'envie ton pouvoir.

– Adela, pourquoi m'envierais-tu ? Ton pouvoir est tout

aussi important que le mien. Tu ressens les émotions et c'est un sacré atout lorsque tu te bats ou lorsque tu interroges quelqu'un.

Entre ton don et le mien, on pourrait former une sacrée équipe. J'aurais tellement aimé que mon don se déclenche bien avant la mort d'Yvan.

— Amalia, nous en avons déjà discuté, cela n'aurait rien changé à part vous faire gagner du temps.

— Oui je sais, mais j'aurai toujours une pointe de regret dans ma vie et c'est ainsi.

Bon, passons aux discussions et voyons qui va administrer le territoire de Sverg.

— Je suis d'accord et voyons qui peut et veut gérer cet immense territoire.

Après plusieurs heures de délibération. Il fut décidé que Alexei garderait la Russie et tous les pays jusqu'à la Turquie et qu'Amalia garderait la Turquie qui était très proche de son territoire. Qui commençait avec la Grèce qui lui appartenait déjà.

La vie au château reprit doucement son rythme d'antan. Amalia ne s'absentait que rarement de peur de laisser les personnes qui étaient à son service seul.

Personne n'avait quitté le château. Il est fréquent qu'à la mort d'un maître vampire certains partent se mettre aux services d'un autre maître.

Dans le cas présent, Amalia avait fait preuve de bravoure et avait prouvé qu'elle était une guerrière à part entière.

Elle avait su venger Yvan et avait su faire payer du prix de la mort ses agresseurs. Elle avait su montrer aux yeux de tous que personne ne pouvait rester impuni et que quiconque lui ferait du mal ou ferait du mal à son entourage et aux gens qu'elle aimait était un homme mort.

Marcus venait régulièrement lui rendre visite. Ils avaient lié des liens d'amitié très forts.

D'abord, la mémoire d'Yvan les unissait et en plus de soixante ans, ils avaient appris à se connaître, à s'apprécier.

Ainsi la vie s'écoula pendant près de cinq ans puis tout doucement, le chagrin recula et laissa place à l'amour.

Ils échangèrent leur premier baiser près des pierres où ils s'étaient préparés à livrer une bataille cinq ans plutôt.

Amalia et Marcus venaient tous les ans se recueillir à cet endroit afin de rendre hommage à Yvan.

Amalia regardait au loin. Marcus vint derrière elle et l'enlaça. Elle ne le repoussa pas. Elle posa sa tête contre son torse et il lui fit un doux baiser sur les cheveux.

— Humm, on est bien ici. Ce soir, le ciel est bien dégagé. Tu vois comme les étoiles brillent et la pleine lune est magnifique.

Il la retourna vers lui doucement pour ne pas l'effrayer.

— Tu as raison, cette soirée est magnifique et tu es magnifique.

Il la regarda intensément dans les yeux et se pencha vers elle. Il l'embrassa doucement puis passionnément. Elle finit par se blottir dans ses bras.

— Yvan serait heureux de nous voir ensemble. Je vais te faire un aveu.

Il y a une vingtaine d'années, vous étiez venus me rendre visite en Écosse et alors que je lui disais à quel point il avait beaucoup de chance d'avoir une femme telle que toi, il m'a demandé de lui faire une promesse et de prendre soin de toi. Il ne voulait pas qu'un autre homme que moi te touche s'il lui arrivait malheur.

Amalia le repoussa.

– Tu es avec moi parce que tu lui as fait une promesse ?

– Mais non, mais oui enfin j'ai un deuxième aveu à te faire. Je suis tombé amoureux de toi il y a bien longtemps. J'ai toujours tu mes sentiments pour toi, car mon amitié avec Yvan était très forte et on ne convoite pas la femme d'un ami. C'est sacré.

J'ai laissé passer le temps et je t'ai laissée te reconstruire à ton rythme, car tu avais besoin de temps. Du temps pour cicatriser ton cœur, car tu as adoré Yvan, du temps pour cicatriser ton corps. Mais, je ne supportais pas d'être loin de toi. C'est pour cela que je venais souvent te voir, mais aussi pour être sûr que tu ne tombes pas amoureuse d'un autre, car je te désirais plus que tout. Je n'aurais pas supporté qu'un autre te touche.

Aucune femme n'a réussi à prendre ta place dans mon cœur et pourtant j'ai essayé sans succès de t'oublier lorsque tu étais avec Yvan.

– Oh c'est pour ça que je ne vois plus de femme collée à toi depuis la mort d'Yvan. Pourtant, j'en ai vu défiler beaucoup en soixante ans. Un vrai collectionneur.

– Est-ce que je sentirais une pointe de jalousie là ?

– Mais non, pourquoi voudrais-tu que je sois jalouse ?

– Ah non ?

– Oh oui d'accord, je suis un peu jalouse.

– Alors, si cela peut te rassurer, il n'y a que toi et seulement toi. Juste un mot de toi et je serai à toi. Je ne veux plus être séparé de toi.

– Je ne veux plus être séparée de toi. Lorsque tu n'es pas là, tu me manques beaucoup.

– Alors, qu'il en soit ainsi.

– Je peux te demander une faveur ?

– Tout ce que tu veux.

– Notre première nuit, j'aimerais la passer dans ton château. Dans ma chambre, j'aurais l'impression de tromper Yvan. Je sais, c'est bête.

Mais j'aurais l'impression de souiller nos souvenirs. Avec le temps, je n'y verrai pas de problème. Mais pour notre première fois, je veux être sereine.

– Je te comprends très bien. Alors qu'il en soit ainsi.

Il la prit dans ses bras. Il n'avait qu'une envie, taire ses craintes qui étaient légitimes lorsque l'on passe plus de soixante ans à aimer son âme sœur.

Même si cinq années ont passé et que la douleur s'est estompée.

Marcus avait aimé, voire adoré, une femme. Mais c'était il y a plus de six cents ans. Depuis, aucune femme n'avait réussi à prendre son cœur. Il avait eu tellement de peine à la mort de cette femme.

Seule Amalia avait su raviver la flamme doucement, mais sûrement. Peut-être parce qu'elle n'avait pas comme toutes les autres essayaient de le séduire, de lui plaire.

Pendant toutes ces années, il avait vu évoluer Amalia. Elle, si frêle et fragile au début, était maintenant une guerrière aguerrie.

Et elle était devenue sienne, celle qu'il avait attendue depuis si longtemps, celle qui adoucirait sa vie d'immortel jusqu'à la fin des temps.

Prendre sa vengeance est un acte de passion. Se venger un acte de justice.

Samuel Johnson

Amalia

ISBN papier :

978-2-956-30063-2

ISBN Dépôt légal : Juillet 2018

9 782956 300632